AF216815

Über den Autor:

Jahrgang 1974, Gebürtiger Bamberger, doch mittlerweile langjähriger Wahl-Thüringer. Pädagoge, Historiker und augenscheinlich auch als Autor unterwegs. Bei Tredition sind bereits erschienen:

- *Hortraub auf Gnomisch*

  Eine Parodie auf Tolkiens „Hobbit"

- *Das Reich der Nekromanten / Krieg im Feenwald*

  Zwei Dark Fantasy Erzählungen

Gewidmet meiner geliebten Frau.

Claus Carl Jakob

Schwarze Künste

Eine Erzählung aus dem magischen
Mittelalter

© 2017 Claus Carl Jakob (Autor)
Titelbild und Foto, © 2017 Claus Carl Jakob

Verlag: tredition GmbH, Hamburg

ISBN
Paperback   978-3-7439-2766-7

Printed in Germany

Inhaltsverzeichnis

Schwarze Künste

Vom Traum

„Weißt Du, woher die Bezeichnung Schwarze Kunst kommt? Es ist ein Übertragungsfehler, ein dummer Fehler von Pfaffenfeder. Von Nekromantia zu Nigromantia. Es hat nichts mit dem Teufel, dem Schwarzen, zu tun, weißt Du? Nekromantia ist auch wieder so eine Sache – Synonym unserer Zeit für jegliche Magie, gleichwie der Chaldäer der alten Zeit Synonym für den Magos war. Alles nur Worthülsen, bedeutungslos. Was Bedeutung hat, ist das, was Du in Deinem Innersten fühlst. Spürst Du die Macht, die Dir gegeben ist? Sie nennen Dich Striga, Hexe, die abergläubischen Dörper, Tölpel alle miteinander, plumpes, ungeborenes Volk, wie Vieh geworfen, nicht einer Geburt teilhaftig. Du machst große Augen, Yemaja. Ist Dir das wirklich alles neu? Du bist, wer Du bist, der Weg der Blitze hat es mir offenbart. Doch ich verliere mich. Wo war ich? Ach ja, Yemaja, Du bist in Gefahr! Höre nicht auf…"

Yemaja fuhr schreiend aus dem Schlaf hoch. Erst langsam fand sie wieder in die Realität zurück, ihre Realität. Ihr Bettlaken war nassgeschwitzt, doch beachtete sie das nicht weiter. Denn das Traumbild schwebte noch immer wie ein unheimlicher Schatten über ihrem Bewusstsein, der alte Mann ohne Gesicht. Oh ja, ohne Gesicht! Schauerlich war diese flache und dennoch auf erschütternde Weise wulstige Fläche anzusehen gewesen, wallende Wülste, tanzende Wülste, im Takt seiner sonderbaren Worte. Wie hatte er Worte geformt ohne Mund? Wie hatte sie überhaupt gewusst, dass er alt war, ein Mann? Seine Stimme, sie hatte es verraten. Die Stimme, die in ihrem Kopf gewesen war, tief brummend, alle Fasern ihres Leibes durchdringend. Sie schauderte. Und was hatte er da erzählt, was für komische, unbekannte Worte benutzt? Und die Warnung am Schluss, ihr klangen noch die Ohren, so hatte er sie geschrien! Oh, ihr – klangen wirklich die Ohren. Yemaja betete rasch ein Ave Maria, sollte solches Tun doch vor jedem Bösen bewahren. Das Klingen schwand in der Tat, dafür vernahm sie nunmehr ein Pochen.

Sie brauchte ihre Zeit, um zu realisieren, dass da einer, genauer eine an ihre Kemenatentüre klopfte. Ihre Zofe Magdalena, wie sie Stück für Stück erkannte. Nur sie nannte sie schlicht Yemaja, seit Kindesbeinen an. Wenigstens, wenn sie unter sich waren. Sie sagte „Komm nur herein, es ist alles in Ordnung." und die Türe öffnete sich. Magdalena sah mit strengem Blick auf sie herab. „Du hast geschrien, mein Kind, und sagst, es sei alles in Ordnung?" Die resolute Alte bückte sich ächzend und schaute unter das Bett der jungen Frau. „Niemand da." „Selbstredend!" meinte Yemaja erbost. „Erwartest Du, dass ich einen Buhlen habe?" Die Alte lachte auf. „Mein Kind, Du bist…" Yemaja winkte ab. „Laß die frommen Sprüche. Ich bin nicht in Stimmung dazu." Und schob zur Erklärung hinterher, weil sie Magdalenas erwachender Neugierde zuvorkommen wollte: „Ich habe schlecht geträumt."

Die Alte setzte sich ungefragt auf den Bettrand und streichelte den nackten Arm ihres Schützlings. „Von Ungeheuern, Wegelagerern, Strolchen?" „Von…" Yemaja hielt im Reden inne. Sollte sie diesen absurden Traum offenlegen? Natürlich, was zögerte sie? Es war Magdalena, zu der sie sprach, ihre Vertraute, ihre Wärterin, Beschützerin. „Nennt mich das Volk eine Striga?" wisperte sie plötzlich. Da sie das Gesicht dabei gen Wand kehrte, entging ihr das Zucken in Magdalenas faltigem Antlitz. „Woher – hast Du dieses Wort?" fragte die Überraschte. „Das Wort – Striga." „Wieso, was ist damit?" fragte nun ihrerseits Yemaja, sich ihrer Zofe wieder zuwendend. Deren Gesichtsausdruck war rosig-optimistisch wie immer. Wieder. „Es ist ein uraltes, sehr selten gehörtes Wort. Kein alltägliches, will man meinen. Kein Wort für – edle Jungfern." Yemaja hob das Haupt und atmete tief ein und aus. „Frische Morgenluft, wie ich sie liebe." seufzte sie, den Traum verdrängend. „Komm, vergessen wir die dunklen Gedanken. Hilf mir beim Ankleiden." Die alte Zofe wollte zu einem Widerwort ansetzen, unterließ es dann aber. Sie kannte den Willen ihres Schützlings. Dieser hatte wirklich seinen eigenen Kopf. „Wie ihre Mutter." dachte die Alte und ihr Antlitz verdüsterte sich. Unweit danach liefen beide züchtig gekleidet über den Wehrgang der Burganlage.

„Wusstest Du, dass ein irischer Mönch im Dorf ist?" fragte Yemaja, äußerlich fröhlich und jugendlich ausgelassen. Sie machte einen Satz und schwenkte die Arme. Das ungehaltene „Junge Frau!" Magdalenas überhörte sie geflissentlich. Die Alte war überall dabei, wie ihr Schatten. Die junge Frau überkam Ärger. Tagaus, tagein immer nur mit Magdalena zusammen. Gut, auch mit ihrem Beichtvater und Lehrer Pater Caesarius konnte sie hin und wieder reden, wenn auch wenig Erbauliches, und ihr Ohm hatte stets ein offenes Ohr für sie – wenn er Zeit hatte. Auch wenn er bereits ein Greis war, war er der Herr der umliegenden Lande und wiederum Vasall seines Herrn, dem er Rat und Tat schuldete. Der Ohm, Rudolf von Schandelburc, war Witwer, seine Gemahlin und sein Sohn waren ihm vor mittlerweile fünf Jahren gestorben, auf einer Wallfahrt, bei einem schrecklichen Steinschlag im Gebirge. So hatte er die junge Waise Yemaja, Tochter einer entfernten Verwandten, zu sich auf die Burg genommen. Voller Güte aufgenommen. Ohm Rudolf hatte so gar nichts von einem wackeren, streitlustigen Rîter, er war ein weiser Mann, schon als Jüngerer gewesen, wie sich die alten

Knechte der Burg erzählten, wenn sie glaubten, dass es keiner sonst hörte. Yemaja hörte es; denn manchmal gelang es ihr, ihre Zofe mit einem Auftrag für eine gewisse Zeit loszuwerden. Diese Zeit nutzte sie, um in der Burg umherzustreifen und den Gesprächen zu lauschen. Nicht damenhaft, aber wenigstens nicht langweilig. Yemaja wusste daher viel für ihr Alter und ihre Stellung. Ach, wenn sie doch mehr Freiheiten hätte!

Sie trat an eine Scharte und ließ ihre Augen über das Grün der Landschaft unter ihr schweifen. „Ein Vogel müsste man sein, fliegen, wohin man will, ohne Zwänge, ohne Kontrolle durch andere." kam es ihr, während sie einem Habicht nachblickte. Hexen sollten fliegen können, fiel ihr ein. Mithilfe einer Zaubersalbe, die sie auf Hölzer strichen; tratschten die abergläubischen Mägde beim Hühnerrupfen. Hexe, Striga. Den Traum, der sie erschreckt hatte, hatte sie nicht zum ersten Mal gehabt, doch dieses Mal hatte das angsteinflößende Wulstgesicht diese unvollständige Warnung hinzugefügt! Dessen wurde sie sich in diesem Moment bewusst. Nein, es war nicht der erste Traum gewesen. „Höre nicht auf…" – was? Höre nicht auf zu hoffen? Auf was? Dass ich eines Tages von hier wegkomme, vielleicht gar in die große Stadt Köln? Von der hatte ihr Pater Caesarius erzählt, weit überschwänglicher, als es einem demütigen Mönch eigentlich zustand. Köln war die größte Stadt weit und breit, freilich auch sehr weit entfernt. Sie lebten hier ja inmitten des Nirgendwo, der Wildnis. Schon die Wälder ringsumher waren unbekanntes Land, wild, vom Menschen ungezähmt, man lebte bloß an den Ufern des Flüsschens, welches sich tief unter ihr vorbeischlängelte, bebaute nur die Wiesen beiderseits und die Hügel des Tals. Auf einem davon erhob sich die Schandelburc. Nekromantia, Striga – wenn sie Magdalena loswürde, vermochte sie vielleicht… Ja, das war die Frage. Nichts vermochte sie. Gar nichts. Man kam sich so hilflos vor! Da fiel ihr Auge auf etwas Neues.

„Der irische Mönch!" jauchzte sie auf und rannte sogleich den Gang entlang Richtung Treppenturm, dass Magdalena kaum zu Folgen in der Lage war. Ihr ermahnendes „Edle Jungfer!" ging im schnellen Tappen der Schritte, Fauchen des Atems, Rascheln der Gewänder und frohem Jauchzen unter.

Der fremde Mönch trat gerade durch das Burgtor, als Yemaja den Burghof erreichte und ihre Schritte wieder mäßigte, wie es einem Burgfräulein angemessen war. Hinter ihr keuchte die Zofe heran und verlangsamte ebenfalls ihren Schritt. Yemaja sah, dass der Ire auch noch zwei vollbärtige, kräftig gebaute Waffenknechte bei sich hatte, die ihre Äxte locker geschultert hatten und irgendwie verächtlich auf die Torwache herabzublicken schienen, da sie zwei Köpfe größer waren als diese. Pater Caesarius war auch bereits anwesend und breitete seine Arme zur Begrüßung aus; der Ire musterte die füllige Gestalt in der sauberen Benediktinerrobe skeptisch, ließ sich dann jedoch zu einer mönchsuntypischen Umarmung herab. „Ut in omnibus glorificetur Deus." sprach Caesarius dabei selig; er freute sich auf geistige Konversation, die er sonst in dieser Einöde entbehrte. „Was gibt es aus Cluny, was aus…" platzte es nach Beendigung der Umarmung sogleich aus ihm heraus. Magdalena, die wieder zu Atem gekommen war, bremste ihn, indem sie ihn einfach zur Seite schob. Yemaja wunderte das nicht – die Alte war in jeder Hinsicht zupackend und Respekt empfand sie vor dem

Mönch keinen; sie kannte seine Vorlieben für süße Leckereien und insbesondere für süßen Met. Solches ließ keinen Respekt aufkommen. Die Jungfer selbst hielt das Haupt gesenkt, so dass ihr Gesicht aufgrund ihrer Haube im Dunkeln lag. So wollte es die Zucht. Freilich lugte sie unauffällig unter der Haube hervor, denn sie war versessen auf Neuigkeiten in ihrer ansonsten trüben Welt.

Wie blass der irische Mönch war und wie ausgezehrt. Nun, er führte wohl ein stetes Wanderleben voller Entbehrungen, Fasten und Nachtlagern auf harter Erde. Yemaja wusste, dass das Volk der Iren viele Wanderprediger hervorgebracht hatte, darunter weltberühmte. Tapfere und unerbittliche Streiter wider das Heidentum! Ganz anders als Pater Caesarius; nicht, dass der ein Unterstützer von Heiden gewesen wäre, doch gefiel es ihm eher, über die Wunder der Welt zu schwärmen, denn voller Inbrunst zu predigen. Gelehrt war er auch nicht besonders. Wenigstens hatte er Yemaja das Lesen beibringen können. Es stand einer angehenden Dame gut, den Herren an den Höfen aus erbaulichen Aventiuren vorlesen zu können. Rudolf von Schandelburc besaß allerdings kein geschriebenes Werk, war ein solches doch viel zu teuer. Ein Dutzend Kälber mochte allein für die Herstellung des Pergaments für ein Werk des berühmten Hartmann von Aue sein Leben lassen müssen; dazu kamen noch Kosten für die beschwerliche und gefährliche Reise an einen größeren Hof – denn die Bücher mussten von Hand mit wertvoller Tinte abgeschrieben und verziert werden – für den Unterhalt der Schreiber, für Geschenke, da der Inhaber des Buches eine Gegenleistung erwartete, und so weiter. Zu hoher Aufwand für einen kleinen, unbedeutenden Ritter.

„Und das ist?" hörte Yemaja nun den fremden Mönch zum ersten Mal sprechen. Er hatte sich ihr zugewandt. „Die edle Jungfer Yemaja", sagte die Zofe, „die Nichte des Herrn Rudolf." „Zeig ruhig Dein Antlitz, junge Yemaja." meinte der Ire freundlich. „Deine Schönheit kann mich als Mann der Kirche nicht versuchen." Er lachte; er besaß ein volles, tiefes Lachen, das im Kontrast zu seiner dürren Gestalt stand, die auch seine Mönchskutte nicht verbergen konnte. Yemaja blickte auf. Der Mönch lächelte und entblößte zwei Reihen gelbgrauer Zahnreihen. „Yemaja ist kein Christenname."

stellte er nüchtern fest. Die Angesprochene wurde ob seiner forschenden, ja stierenden hellblauen, fast weißen Augen nervös. „Ruhe, Yemaja", sagte sie sich, „vielleicht sieht er schlecht, er ist nicht mehr jung, sein schütteres Haar ist ergraut." „Hm, ich weiß nicht." sprach sie schließlich leise. Taub war er jedenfalls nicht, er hörte es und nickte. „Verzeih meine Aufdringlichkeit." lachte er. „Ich bin Pater Martinus." Magdalena aber unterbrach sie barsch. „Ich geleite Euch zu Herrn Rudolf – es ist unhöflich, den Herren warten zu lassen. Ihr werdet sicherlich noch Gelegenheit haben, mit Jungfer Yemaja Weisheiten auszutauschen. Und" – sie rümpfte die Nase – „mit Eurem Bruder Caesarius." Der nämlich hatte gerade wieder zum Reden angesetzt. Pater Martinus nickte wiederum. „Ihr habt vollkommen recht, ich vergesse auf meinen Wanderungen noch die guten Sitten. Selbstredend gilt es dem Herrn die Aufwartung zu machen. Bis zu einem späteren Zeitpunkt also." Yemaja verneigte sich demütig.

Vom Teufelswerk

Endlich wieder einmal allein, lief die junge Frau zum Burgtor hinaus, nicht auf die ihr nachstarrenden Kriegsknechte achtend; die eigenen – die des Iren waren dem Mönch in das Burginnere gefolgt. Die Zofe würde ihnen aber mit Sicherheit den Weg zum Gesindehaus weisen.

Warum Pater Martinus wohl Kriegsknechte bei sich hatte? Zum Schutz? Mönche waren selten Opfer von Verbrechen, sie besaßen ja auch nichts. Die Knechte hatten kein sichtbares Wappen getragen, das sie ausgewiesen hätte, waren auch insgesamt recht barbarisch anzuschauen mit ihrem ungekämmten rötlichen Haarwuchs, der groben beigen Wollkleidung und den ungepflegten, gar angerosteten Kettenhemden darüber. Und der eine hatte einen komischen Anhänger um den Nacken getragen, einen kleinen Hammer an einer Kette, wie Yemajas unauffälliger, doch scharfer Blick enthüllt hatte. Entstammte er einer Schmiedefamilie? Ein wenig hatten ihr die Knechte sogar Angst eingeflößt.

Unnahbare, brutale Gesellen schienen es zu sein.

Raben flatterten mit lautem Krächzen auf und rissen sie aus ihren Grübeleien. Ein vorbeilaufender Landmann beugte ehrfürchtig sein Haupt und Yemaja winkte ihm in einer Mischung aus Kindlichkeit und huldvollem Damenwinken. Die junge Frau war beliebt, keine Rede von wegen „Hexe" oder ähnliches. „Was für ein dummer Traum." schoss es ihr durch den Kopf. Bloß die Reaktion ihrer Zofe verwunderte sie; und dass sie von dem fremden Wort „Striga" wusste. Sie überlegte, was Träume überhaupt waren. Zeichen von Gott? Von Engeln? Oder einfach ungeordnete Gedanken eines selbst? Doch – woher sollte sie selbst Worte wie – wie war das noch – Nekromantia kennen? Sie war sich absolut sicher, dass sie vor den Träumen von solchen noch nie etwas vernommen hatte! Sie hätte gerne geflucht, aber Fluchen war böse. Sollte sie Pater Caesarius von den Träumen erzählen? Besser nicht. Was sollte der ihr weiterhelfen können? Sie mochte ihn zwar, war aber inzwischen alt genug zu erkennen, dass der Mönch kein großes Licht unter Gottes weitem Himmel war. Ob Pater Martinus mehr über Träume wusste? Der Gedanke jedoch, sich ihm anzuvertrauen, jagte ihr Schauer über den Rücken. Er wirkte so – streng; bei all seiner Jovialität. Ihm würde sie schon gar nichts von Hexen und ähnlichem erzählen! Ihr entwich ein Seufzen. Niemandem konnte sie ihr Herz ausschütten. „Du, Rabe", sprach sie zu einem unweit auf einem Felsen sitzenden Vogel, „hörst mir wenigstens zu, ohne mich zu schelten, oder dauernd zu verbessern. Yemaja, halt Dich aufrecht, Yemaja, wisch Dir den Mund, bevor Du aus dem Becher trinkst, Yemaja, verhülle Dein Haupt, Yemaja, Yemaja…" Das Tier legte seinen Kopf schief, gleich als würde es lauschen. „Was will mir Gott mit meinen Träumen sagen?" fragte sie den Raben, der keine Antwort gab, wie es zu erwarten gewesen war. Dafür drehte er seinen Kopf Richtung Burg. Tatsächlich, man rief nach ihr. „Ich muss gehen, Rabe." meinte sie betrübt. Zurück in ihren goldenen Käfig. Der Rabe blickte ihr nach, als wüsste er darum. Dann schüttelte er sich und flog auf und davon, dem Waldrand zu.

Ein Page, genauer der Page, da es nur einen auf der Burg gab, den jungen blondlockigen Roland, geleitete sie in den Ratssaal, wie man den Raum großspurig nannte, in welchem Feste gefeiert und höherrangige Gäste empfangen wurden, ein recht großer Raum, groß genug, um einer Tafel für bis zu zwanzig Personen Platz zu bieten. Derzeit stand dort nur ein kleinerer Tisch mit sechs hochlehnigen Stühlen; es war üblich, die Möbelstücke je nach Bedarf hinein- oder hinauszutragen. Die Tafel wurde „aufgehoben", wenn sie nicht benötigt wurde. An dem genannten Tisch saßen ihr Ohm, Pater Caesarius, der irische Gast und – Yemaja wunderte sich kurz – auch ihre Zofe Magdalena. Alle erhoben sich, um die Jungfer willkommen zu heißen. Der Page zog Yemaja ihren Stuhl, rechts neben ihrem Ohm, zu recht und half ihr beim Setzen, dass ihr Gewand nicht zu stark über den schmutzigen, strohbedeckten Boden streifte. Rudolf von Schandelburc, der in seinem Heim weniger auf höfische Umgangsformen achtete, sprach sofort den Gast auf seine zutiefst gläubige Nichte, wie er sie titulierte, an. Ein gewisser Stolz auf sie war durchaus herauszuhören. „Wir wurden uns bereits vorgestellt." lächelte der Mönch. „Außerdem", Yemaja war bass erstaunt, das zu hören, „kenne ich Euere Nichte von früher." „Oh." entfuhr es dem

Ohm. „In der Tat." sagte Pater Martinus zur jungen Frau. „Es ist allerdings zehn Jahre her – ich war damals zu Gast auf dem Herrschaftssitz Euerer Eltern, Gott habe sie selig." „Ihr kanntet – meine Muhme?" stotterte Yemaja; eine schmerzvolle Erinnerung an das damalige, vergangene Glück drohte von ihr Besitz zu ergreifen, wurde jedoch rasch verdrängt. „Nicht gut." musste der Ire zugeben. „Ich hatte damals keine Gelegenheit, mit ihr zu reden, nur gebetet haben wir zusammen mit anderen in der Hauskapelle. Sie war – eine gute Frau."

Ohm Rudolf räusperte sich. „Wir sollten die Vergangenheit ruhen lassen. Sagt, heiliger Bruder, was führt Euch in mein bescheidenes Haus?" Der Mönch wandte sich ihm zu und lehnte gleichzeitig den vom Pagen zur Erfrischung gereichten Becher Met ab, indes Bruder Caesarius freudig zugriff. „Ich", er machte eine ausladende Geste, „werde Euer schönes Heim nur kurze Zeit in Beschlag nehmen. Ich bin nur auf der Durchreise." „Wohin?" konnte sich Yemaja nicht beherrschen anzumerken. „Die Straße endet hier bei der Burg, kein Weg führt hier mehr weiter, außer einem Feldweg zu den Äckern ein wenig flussaufwärts." „Vorlautes

Ding." rügte sie Magdalena umgehend. Pater Martinus gab ein weiteres Exempel seines schallenden Lachens. „Lasst sie nur, sie hat ja recht! Eine kluge junge Frau ist sie – aber lasse Dich von dem Lob nicht zur Eitelkeit verführen. Ja, ich gestehe: Ich habe meiner unseligen Neugierde nachgegeben und den Abstecher hierher gemacht. Ich wollte doch zu gern sehen, was aus der kleinen Yemaja von damals geworden ist." Das nun kam dieser mehr als seltsam vor. „Schmeichelt Ihr mir wieder?" meinte sie mit hochgezogener Augenbraue. „Wollt Ihr mich prüfen?" In sein Antwortlachen fielen auch Pater Caesarius und, mit Verzögerung, ihr Ohm ein. „Wie ernst Ihr geschaut habt, Edelfrau." gluckste ihr Beichtvater ausgelassen. Yemaja zog eine Schnute; sie mochte es nicht, wenn man sich über sie lustig machte.

Um das Thema zu wechseln, aber auch, weil es sie schlicht überkam, wiewohl sie ihn nicht hatte darauf ansprechen wollen, warf sie in den Raum: „Hexerei, Zauberei – was wisst Ihr darüber zu berichten, Bruder Martinus?" Der tat überrascht, war es wohl auch. „Was wollt Ihr Wissen, junge Herrin?" „Alles." sagte Yemaja in bestimmendem Ton. Alle waren still und harrten interessiert der Worte des Mönches. Der spannte sie nicht lange auf die Folter.

„Ungewöhnlich sind die Interessen von Jungfer Yemaja. Jedoch" – er warf einen Seitenblick auf Magdalena – „nicht zwangsläufig unschicklich." Er grinste tatsächlich. „Man soll seine Feinde schließlich kennen." „So sind es Feinde – von Christenmenschen?" fragte die junge Frau. Der Ire überlegte. „Ich will versuchen, das Ganze verständlich und knapp zusammenzufassen. Hexerei und Zauberei gibt es unzweifelhaft, doch haben beide ihre Wurzeln im Heidentum. Und dieses wieder ist nichts weiter als" – er machte eine bedeutungsschwangere Pause – „Teufelswerk. Weshalb? Nun, weil die sogenannten Götter der Heiden nichts weiter als Dämonen sind, Diener und Kinder Luzifers. Maleficium, Zauberkunst, ist ohne Götzen- und Teufelswerk nicht möglich! Aber keine Angst, meine lieben Kinder Christi, Gottes Wort bricht jegliche Zauberei!" „Und die Strafe für Zauberei ist die Exkommunikation!" ergänzte Pater Caesarius stolz, auch etwas beitragen zu können. „So ist es." bestätigte der Ire. „In manchen Klöstern geht freilich das Unwesen um, sich sogenannter „weißer Kunst" zu bedienen. So liest man die Zukunft, indem man heilige Bibeln an beliebiger Stelle aufschlägt und das dort Gelesene als Antwort auf spezielle Fragen nimmt. Diese sortes sanctorum sind ebenso verdammungswürdig, sage ich!" „Ihr wisst viel." ließ sich die Zofe vernehmen. „Ich bin viel gereist." wiegelte der Mönch ab. „Da sieht und hört man so manches. Es haben sich aber auch schon diverse Synoden mit diesen Fragen beschäftigt. Das Thema ist mitnichten neu." Yemaja dachte nach.

„Ihr spracht von der weißen Kunst. Gibt es dann auch eine schwarze?" „Sicher." sagte Pater Martinus; er lehnte sich zurück. „Alle Zauberei, die anderen Schaden zufügt, ist schwarze, direkt vom Teufel stammende." „Vorhin sagtet Ihr", ergriff nun auch Rudolf von Schandelburc das Wort, „dass alle Zauberkunst ihren Ursprung im Teufel hat. Also auch die weiße Kunst in den Klöstern?" „Ich" – er betonte dieses Wort – „bin dieser Meinung, ja. Manche behaupten, solch Tun könne ohne Beitrag des Gottseibeiuns geschehen. Ach, arge Fehlurteile werden in so manchem Kloster gefällt."

Yemaja hatte erst einmal genug gehört. Nur dies wollte sie noch wissen: „Wie können sich Christenmenschen dazu hingeben, Teufelswerk zu erlernen und auszuüben?" „Weil sie die Macht in Versuchung führt, mein Kind. Hexenwerk vermag einen Dinge tun zu lassen, die ein Normalsterblicher nie vollbringen könnte. Die Zukunft vorhersagen, Mensch und Tier mit Krankheit schlagen, ja töten aus großer Ferne, Unwetter erzeugen, Korn durch Zauber von Feldern auf andere versetzen, durch die Lüfte reiten, unverwundbar gegen Stiche und Stöße werden, aber auch schwerste Seuche heilen können... Glaubst Du nicht, dass das selbst starke Gemüter schwach werden lässt?" „Ich bitt Euch." widersprach Pater Caesarius. „Man kennt doch den Preis! Wer will schon seine Seele an die Hölle verlieren? An die Civitas Diaboli? Auf ewig Höllenqualen erleiden müssen?" „So mancher Zauberer mag glauben, dass ihn nicht Qualen erwarten, sondern Belohnungen, wenn er der Hölle aufs Beste dient." „Pfui!" schimpfte Yemaja bei diesen Worten. „Jeder weiß doch auch, dass der Teufel lügt und betrügt! Ihm sind Gottes Werte ein Gräuel und Dankbarkeit kennt er nicht." „Wohlge-sprochen." pflichtete ihr Pater Caesarius bei; das war seine Schülerin!

„Warum lässt Gott überhaupt so etwas zu." Der Page, der dies geäußert hatte, zuckte im selben Moment zusammen ob seinem Wagemut, in Gegenwart der Herren zu reden ohne gefragt zu sein. Anstelle von Strafe erhielt er aber sogar eine Antwort, vom Iren: „Gottes Wege sind unerforschlich, heißt es. Daher ist es auch Zeitverschwendung, sich in der Auguren-kunst, der Wahrsagerei zu versuchen." „Und um der Menschen Wege zu erforschen?" – das fragte diesmal der Ohm, der nachdenklich an seinem grauweißen Kinnbart zupfte. „Wie ge-sagt", lächelte Pater Martinus nachsichtig, „es ist Teufelswerk."

Damit ebbte dies Gesprächsthema ab; Pater Caesarius befragte seinen Ordensbruder noch über seine Reisen, Yemaja aber zog sich mit ih-res Ohms Erlaubnis auf ihre Kemenate zurück. Ihr war nicht mehr nach Gespräch. Magdalena folgte ihr auf dem Fuß, nicht an Vorwürfen spa-rend. „Was fragt Ihr den heiligen Bruder so aus, noch dazu über eine so, hm, schreckliche Thematik. Habe ich nicht mehrfach betont, dass es einer Jungfer gut ansteht, den Gast zu unterhalten? Das konnte man kaum ein unterhaltsames Thema nennen!" „Der Pater wirkte nicht gelangweilt, im Gegenteil!" gab Yemaja trotzig Widerwort. „Außerdem hat es alle interessiert." „Hölle, Teufel, Striga... - was für..." „Und wieder dieses Wort: Striga. Ich habe davon bei Tisch nicht gesprochen." trumpfte Magdalenas Zögling auf. „Obwohl mich schon interessieren würde, was diese Striga genau sind. Sagst Du es mir?"

Yemaja war abrupt stehengeblieben und stach mit ihrem Zeigefinger nach der Alten. Die lief rot an und kam ins Stocken: „Ich, das heißt, ich meine... Wann anders eventuell! Jetzt habe ich, hm, noch die Mägde in der Waschküche zu beaufsichtigen. Sie treiben dort allzu oft Schabernack!" Womit sie auf den Hacken kehrtmachte und davoneilte. Das aber hatte Yemaja bezweckt. Sie wollte schlicht ihre Ruhe, um nachzudenken. So viel Neues hatte sie erfahren. Schlimme, aber auch höchst spannende Dinge.

Prüfungen

Yemaja hatte sich umentschieden und war statt zu ihrer Kemenate zum alten Bergfried gelaufen, der noch immer als Waffenkammer diente und als letzte Zuflucht galt. Dort wusste sie sich vor Störenfrieden sicher, da sich in Friedenstagen nur alle wochenlang jemand dorthin verirrte, um nach dem eingelagerten Kriegsgerät zu sehen und es falls nötig zu putzen, zu ölen und zu wienern. So verbrachte sie grübelnd ihre Zeit, im obersten Geschoß des Wehrturmes sitzend, wo ihr der durch die Scharten und Luken wehende Wind Kühlung verschaffte; es war Hochsommer und zuweilen brütend heiß. Man würde sie die nächsten Stunden nicht suchen, erst zum gemeinsamen Abendmahl würde nach ihr gerufen. Genug Zeit, um die Gedanken schweifen zu lassen. Diese verwirrten sich jedoch schnell; die warme, sanft vorbeistreichende Luft lullte sie ein und ließ sie dösen, schließlich einschlafen.

Die junge Frau erwachte von einem schmerzhaften Stich in die Seite. Als sie auf taumelte, gab sie einen quiekenden Schrei von sich: Ihr gegenüber standen zwei hässliche Gestalten, die einem Alptraum entsprungen sein mussten; eine davon hatte sie wohl soeben gestochen, hatte auf jeden Fall einen langen, spitzen Stock in der haarigen Rechten. Nicht nur die war wüst behaart! Beide Gestalten, oder besser: Kreaturen, erfreuten sich zwar menschlich aufrechter Haltung, ihre fellbedeckte Haut war aber durch und durch tierhaft. Und daran änderte auch nichts, dass sie dunkelblaue Westen und ebenso gefärbte knielange Hosen trugen. Ihre Gesichter – oder wie auch immer man es nennen mochte – ähnelten denen von Füchsen, allerdings fehlten ihnen die tierischen Schweife. Yemaja sprang vollends auf und ein Stück zurück, von den Biestern weg. „Kann sie uns sehen?" hörte sie den Linken der Fuchsköpfe sagen, beziehungsweise knurren und fauchen, für ihr Dafür. Sie wollte nicht im Geringsten mehr von diesen Wesen hören. Yemaja tastete sich zur Turmtüre, die Kreaturen nicht aus den Augen lassend, und war erleichtert, als sie diese unverschlossen fand. Rasch zerrte sie sie auf und huschte durch die Öffnung – nur, um umso lauter zu schreien!

Gluthitze schlug ihr entgegen und raubte ihr schier die Luft. Sie war schneller wieder im Turminneren, als sie sich je zuvor bewegt hatte. Außerhalb des Turmes brannte ein gewaltiges Feuer, fast schien es so – als brenne die Welt! Türe und Wände immerhin waren kühl, was sie freilich nur am Rande registrierte. Ihr Kopf nämlich fuhr hektisch hin und her, von den scheußlichen Wesen war allerdings nichts mehr zu sehen. Es war ruhig, wie in einer Gruft. Yemaja fröstelte. War da nicht eben eine Stimme gewesen? Ihr war, als hätte eine väterlich klingende etwas wie „Es muss nicht sein." gesprochen und, ja, eine zweite, weibliche: „Doch, es muss.". Was musste? Und was ist – mit dem Licht? Die Scharten wurden enger, von ganz allein! Yemaja stolperte zur nächstliegenden und klemmte einen schmiedeeisernen Kerzenständer, den sich gefunden hatte, quer hinein, der nicht lange in dieser Position blieb; ein Knirschen und er war in den Stein verschwunden, als wäre er hineingeschmolzen! Dann schlossen sich die letzten Spalten und Finsternis breitete sich um die junge Frau aus.

Yemaja begann der Schweiß zu rinnen, trotz der Kälte, die sich um sie herum breitmachte.

Es war ihr gleich, denn die Grabesstille wurde mit einem Mal durch ein gutturales Grollen gestört. Und ließ das sie nicht schon vor Angst erstarren, wusste sie auch noch instinktiv, dass das, was das Grollen von sich gegeben hatte, nicht weit von ihr war, in der Turmkammer mit ihr. Keine zwei Armeslängen entfernt! Die Arme wollte sie selbstredend nicht ausbreiten, auch wenn sie rein gar nichts zu sehen vermochte und sich vorantasten musste, wollte sie entfliehen. Ja, entfliehen. Da roch sie fauligen Atem und ein wahrer Atemstrom blähte ihr Kleid auf; fast zeitgleich wiederholte sich das Grollen, nunmehr direkt neben ihr. Es war so laut und verzerrt, dass sich Yemaja die Ohren zudrücken musste, sonst wären ihr die Trommelfelle geplatzt. Ihr schwindelte und ihre Beine gaben nach. „Oh Gott!" wimmerte sie; Gott? – „Gottes Wort schützt die Schwachen!"

Yemaja nahm allen Mut zusammen, faltete die Hände und begann mit lauter, nur leicht zitternder Stimme zu beten, alle Gebete, die sie von Kindheit an gelernt hatte. Kaum hatte sie das erste vollendet, als ein Schmerzensschrei erschallte und sie sich von einem Lidschlag auf den anderen wieder im hellen Turmzimmer des Bergfrieds befand, genauer lag. Die junge Frau atmete tief durch und ihr heftig pochendes Herz beruhigte sich langsam. Ein Alptraum, es war nur ein Traum. Oder nicht? Nein, die Scharten waren offen und völlig normal, dahinter war es – dunkel?! Ihr Körper krampfte sich ruckartig zusammen. „Nacht!" keuchte sie. „Es ist bloß Nacht geworden. Aber… Wer hat den Kerzenkandelaber dort entzündet? Und aus welchem Grund wurde ich nicht geweckt?" Yemaja richtete sich auf und klopfte den Staub aus dem Gewand. „Himmel, ich bin noch ganz zitterig! Das war auch ein garstiger Traum. Und so echt, wie wirklich. Gott, Vater, werde ich – verrückt? Bin ich – verflucht?" Fast wäre sie gestürzt, weil ihre Beine wachsweich waren; Übelkeit machte sich bemerkbar und sie stieß gallig auf. Sie brauchte einen Augenblick, um wieder ganz Herr über sich zu werden; Tränen rannen ihr über das Gesicht, ganz von alleine.

Monotoner Gesang kroch in ihr Bewusstsein, ein Gesang in einer fremdartigen Sprache, der seinen Ursprung irgendwo unten hatte, innerhalb der Burg. Es war kein liturgischer Gesang, ähnelte diesem jedoch in gewisser Weise. Wie eine Korrumpierung der Liturgie, oder eine Parodie. Feierlich und doch nicht erhebend, sondern bedrückend. Ihr gerade normalisierter Atem ging wieder schneller. Träumte sie noch immer? Das machte doch alles keinerlei Sinn; auf jeden Fall erkannte sie keinen. Sie wollte der Sache auf den Grund gehen.

Yeamaja schüttelte die Furcht ab, schlich sich zur Treppe und lief behände hinab, darauf achtend, kein unnötiges Geräusch zu verursachen. Darin war sie gut, seit Jahren geübt. Dank sei ihren unzähligen heimlichen Ausflügen, wenn sie die Einsamkeit gesucht hatte, oder zumindest Ruhe vor Magdalena. Fahles Mondlicht beschien die Stufen der Wendeltreppe durch die Schießscharten, was ihr völlig genügte. Der Gesang schwoll an. Ihre Schritte wurden ängstlicher, zu sehr steckten ihr noch die Schrecknisse der Träume in den Knochen. Unheimlich war dieser Gesang, geheimnisvoll, mysteriös, auf eine nervenaufreibende Art.

Sie spürte, wie sich ihre Nackenhaare sträubten. Etwas in ihr wisperte, sie solle sich lieber verstecken, aber etwas anderes, ihre geballte Ladung aus Neugierde, Trotz, angeborenem

Mut und jugendlichem Leichtsinn, setzte sich durch. Schon vermochte sie Einzelheiten herauszuhören: Ein großes Feuer prasselte, eine tiefe Bassstimme gab den Gesang vor, dem andere Stimmen, mehrere männliche und mindestens eine weibliche – ein heller Sopran mischte deutlich hörbar mit – folgten. Ein Vorsänger und ein Chor? Das alles erinnerte an eine Messe. Sie blieb stehen. Nur noch die wuchtige Außentüre des Bergfrieds trennte sie vom Burghof, gut, und die enge, steile Treppe, die zu diesem Tor hinaufführte, damit eindringende Feinde die Türe nicht problemlos aufschlagen und stürmen konnten. Ihre Hand zitterte, als sie sie auf den schweren Türgriff legte. Deutlich fühlte sie seine metallische Kühle – Nein, sie träumte nicht mehr, es war real! Würde sie sonst alles so genau fühlen, den Rauch des Feuers riechen, den Gesang hören? Die Warnung des Gesichtslosen kam ihr in den Sinn. „Verdammt!" zischte sie zornig, alle religiösen Gebote vergessend. „Ich hasse es, so hilflos zu sein!" So – unselbständig, auf andere angewiesen! Ein Ritter wäre jetzt einfach hinausgetreten und hätte sich dem gestellt, was da vor sich ging. Sie dagegen zauderte furchtsam wie, wie… Ja, wie ein dummes kleines Fräulein. Es hätte nicht viel gefehlt und sie hätte sogar ausgespuckt. Freilich wäre ihr Mund dafür zu trocken gewesen. „Was soll das?" schimpfte sie plötzlich. „Ich bin die Nichte des Burgherren – ich gehe jetzt hinaus und dann haben mir alle Rede und Antwort zu stehen, für dieses seltsame nächtliche Treiben! Mitten zur Schlafenszeit! Überhaupt, wo ist mein Ohm? Er soll davon Kunde erhalten!" Gesagt, getan.

Yemaja stemmte sich mit ihrer gesamten Kraft gegen die Türe, die aus dicken Eichenbohlen bestand und zudem mit Metall beschlagen war, um bestmögliche Stabilität zu bieten. Trotzdem bewegte sich die Türe nur sehr, sehr zäh, gleich als würde sie eine unsichtbare Energie zuhalten wollen. Die edle Jungfer gab nicht auf, drückte mit der Schulter dagegen und lief vor Anstrengung glutrot an; sie wollte hinaus, sie musste hinaus. Ihre Ängste waren einen stetigen Drang gewichen. Und dieses Tor war der einzige Ausgang aus dem Bergfried. „Bei allen Heiligen!" presste sie stöhnend hervor – und wäre mit ihrem ganzen Schwung über den Treppensatz kopfüber in die Tiefe gefallen,

hätte sie sich nicht eisern am Türgriff festge-
klammert. Die Türe war nämlich völlig überra-
schend und federleicht aufgeschwungen, kaum
dass das Wort „Heiligen" verklungen war.
„Gottes Wort besiegt jeden Zauber!" trium-
phierte sie. Das war ihr spontan entfleucht und
nicht einer tieferen Einsicht entsprungen. Zum
tiefergehenden Nachdenken blieb ihr auch
keine Zeit. „Nichts." stellte sie fest. „Auf dem
Burghof ist rein gar nichts. Dabei hatte es gerade so gewirkt, als käme der Gesang direkt
von hier. Der Gesang? Alles ist still." Was freilich annähernd so merkwürdig war wie der
mystische Gesang zuvor; auf der Burg war es
niemals so still wie jetzt. Man hörte immer irgendetwas, leise Unterhaltungen, Schnarchen,
Hühnergackern, Pferdeschnauben, Schritte
und Metallrasseln von der Mauerwache auf
Rundgang, den Wind… Selbst der Wind war
verstummt! Yemaja schluckte trocken. „Das ist
doch alles nicht wahr, ich, ich muss noch schla-
fen." Wäre es nur ein Traum gewesen.

Kein Wächter weit und breit; selbst das halb-
offene Burgtor war unbewacht, wie sie zutiefst
besorgt feststellte. Nur eine einfache Armbrust

lehnte dort an einem Hocker; Yemaja lachte unwillkürlich – Pater Caesarius hatte ihr vor kurzem berichtet, dass die Zweite Lateransynode im Jahr 1139 nach Christus die Armbrust als „artem mortiferam", als „todbringende Kunst" bezeichnet und geächtet hatte. Dennoch, oder gerade deshalb, war die Waffe beim niederen Kriegsvolk beliebt. Unritterlich war sie allemal. Die junge Frau dachte für einen Atemzug daran, die Armbrust mitzunehmen, entschied sich aber dagegen. Nicht wegen des unritterlich, sondern weil sie nicht auch nur einen Hauch einer Ahnung hatte, wie man mit ihr richtig umging. Außerdem kam es ihr irgendwie lächerlich vor, trotz ihrer furchteinflößenden Situation. Sollte sie nach den Knechten rufen? Sie setzte zum Ruf an, unterließ es dann allerdings lieber. „...nicht zu den..." Sie fuhr herum. Wer hatte da hinter ihr gesprochen? Der Gedanke daran, die Armbrust aufzunehmen, begann positiver zu wirken; wenigstens festhalten konnte sie sich daran, einen Halt finden. „...Flucht..." „Verd...!" Etwas hatte sie am Arm gestreift und ihr dies Wort – Flucht – ins Ohr geraunt! Ihre Augen huschten panisch

hin und her. Nichts war zu sehen, nichts zu hören, wie gehabt. Das war der Moment, in dem
der unheilvolle Gesang wiedereinsetzte.

Der Kult

Yemaja gab sich einen Ruck, packte die Armbrust und huschte im Anschluss sofort zum
Hof zurück, jeglichen Schatten und dunkle
Ecken ausnutzend. Das Mondlicht war nicht
heller geworden, aber es genügte, um jeden
auszuleuchten, der den Burghof überquerte.
„Ich werde ergründen, was hier vor sich geht,
ich werde!" redete sie sich wieder und wieder
gebetsmühlenhaft ein. Auf diese Weise unter-
drückte sie jeden aufkommenden Zweifel –
und die Zweifel wogen schwer, schwerer noch
als die ungewohnte und sperrige Armbrust.

Die junge Frau lauschte aufmerksam und
war sich ziemlich sicher, dass der monotone
Gesang aus der halbverfallenen alten Scheune
schallte; seitdem die neue Scheune unterhalb
der Burg beim Meierhof stand, wurde diese im
Burginneren nicht mehr gebraucht. Noch vor

vier Jahren hatte sie dort Verstecken gespielt… Jetzt schlich sie sich dorthin, eine Armbrust in den Händen, eine Armbrust! War sie bereit, sie einzusetzen? Sie hatte keine Ahnung.

Yemaja erreichte die Rückwand des Fachwerkgebäudes; vernagelte Fenster gab es dort, aber nicht so verschlossen, dass man nicht Ritzen zum Hineinlugen finden würde, wenn man gewitzt war. „So, vorsichtig, nur kein Lärm." Sie musste sich auf die Zehenspitzen stellen und ihren Kopf nah an das Holz drücken; die Waffe hinderte sie dabei, freilich hätte sie diese für nichts auf der Welt aus den schwitzenden Händen gegeben. Ein Holzbrett knarrte, was sie zucken machte, obwohl der Gesang das Geräusch übertönte. Nervös traute sie sich nicht einmal zu atmen. Und das erblickte sie:

Mehrere Personen hatten im Scheunenraum einen Kreis gebildet, in dessen Zentrum ein Lagerfeuer loderte, und sangen. Alle trugen sie blutrote Kutten, von der Form wie sie Mönche trugen, mit spitzen Kapuzen, die sie jedoch nicht übergezogen hatten. Daher erkannte Yemaja in den Singenden den irischen Mönch, seine martialischen Spießgesellen, drei der

Waffenknechte der Burg – wie das? –, zwei Burgmägde – es wurde immer unglaublicher – und – sie traute ihren Augen nicht – ihre Zofe Magdalena! Die Jungfer kiekste und ihr Herz blieb ihr darob beinahe stehen, denn sie hatte noch jemanden entdeckt, ihren jugendlichen Pagen, der sich gefesselt und geknebelt vor dem Feuer auf dem Lehmboden wand und in Todesangst die Augen rollte. Plötzlich stand sie mitten im Raum, vor dem Kreis, und vermochte nicht ansatzweise zu sagen, wie das geschehen war. Der Gesang verstummte wie abgehackt. „Willkommen, Yemaja." säuselte der Ire, den Kreis verlassend und auf sie zutretend. Die Frau riss unwillkürlich die Armbrust vor sich. Pater Martinus lachte. „Oh, bewaffnet hat sich das Fräulein. Undamenhaft – und doch adrett. Die Waffe steht Dir, Kind. Und? Willst Du töten? Oder nur verletzen? Hier, schieß dem Knaben ins Bein, wie wäre das?" Yemaja erblasste. „Das, das – der Page! Lasst Roland frei, Ihr ängstigt ihn!" „Keine Sorge", grinste der Mann, „er hat es bald überstanden. Und mit Dir haben wir ja nun endlich die Hauptperson vor Ort." „Hauptperson?" Die Jungfer tat einen Schritt rückwärts, wo sie an ihre Zofe stieß, weshalb sie erschrocken aufkreischte. „Sie, Du hast doch eben noch da drüben…?"

„Weißt Du, dass Deine Mutter eine Hexe war?" sprach die Alte unvermutet. „Was, wie?" Yemajas Kopf ruckte von einem zum anderen. „Hexe, meine…?" vermochte sie einzig zu stammeln. „Eine bedeutende Hexe, eine großartige Zaubersche. Eine – Striga." Magdalena kicherte. „Sie hat die Herzen von Kindern gefressen, um Macht zu erlangen, und die leeren Körper der Kinder mit Heu ausgestopft. Amüsant, oder? Willst Du es an Roland ausprobieren? Hier, nimm mein Messer." Die Zofe hielt ihr ein solches mit dem Griff nach vorne hin und schmunzelte.

Yemaja würgte. Dann brüllte sie auf einmal mit aller Kraft „Nein!", schwang die Armbrust und hieb sie der Alten unters Kinn, dass diese zu Boden geschleudert wurde. Schießen wollte sie nicht – und hätte es auch nicht gekonnt, weil die Armbrust gar nicht geladen war. So wenig wusste sie vom Kriegswerkzeug. Entsetzt starrte sie auf die Hingeschleuderte, auf das, was sie angerichtet hatte. Ungewohnte Gefühle regten sich jedoch in ihr, Zufriedenheit, Stolz.

„Das geschieht Dir recht!" kreischte sie; dann schnellte sie wie vom Bogen geschossen los und rannte zum Scheunentor hinaus, Richtung Palas. Dort hoffte sie ihren Ohm zu finden, ihn und die loyalen Knechte! Roland musste befreit werden, dem unheiligen Tun ein Ende gesetzt, der falsche Mönch verjagt. Was er tat, war kein Gotteswerk, es war elendiges Schandwerk!

Yemaja hechtete die Treppen zum Palas hoch, zerrte das Haupttor auf, stürmte in den Ratssaal und – heulte herzzerreißend. Rudolf von Schandelburc saß kerzengerade auf seinem Sessel, festgenagelt mit einem Sauspieß, der ihm aus der Brust stak, blutbesudelt von oben bis unten. Ermordet, hin gemeuchelt von feiger Hand! Die junge Frau brachte keinen Ton mehr heraus; etwas zerbrach in ihr, ihr letzter Rest Jugend. „Mörder." zischte sie. „Mörder!" sagte sie. „Mörder!" schrie sie mit überschlagender Stimme! Rache! „RACHE!" „Nein… Fliehe!" Wörter, die herausgehustet wurden. Einer der Hofknechte, Heinrich, kam hinter dem Tisch hervorgekrochen, spuckte Blut und sackte in sich zusammen. Yemaja wurde schlagartig bewußt, wer sie war und wer ihre Feinde waren. Sie war eine Jungfer, ungeübt im Kampf, allein, die anderen aber waren derer mehrere und Krieger darunter. Sinnlos, auf Rache zu hoffen! Ihr blieb nur die Flucht; wenn sie in der Lage war, sich bis zum nächsten Burghof durchzuschlagen, konnte sie dort Hilfe finden – und tapfere Rächer! Der nächste Hof war freilich eine halbe Tagesreise entfernt, aber es war ihre einzige Chance. Sie zögerte und warf daraufhin die Armbrust in weitem Bogen weg. Sie hinderte sie nur beim Flüchten.

„Wo bist Du, mein liebes Kind? Willst Du nicht mehr über Deine Mutter erfahren? Über ihre Zauberkünste, ihre Taten?" spottete Magdalena ihrer auf dem Burghof. „Ruhe in Frieden." flüsterte die junge Frau gen Rudolf und rannte los, als wäre der Teufel hinter ihr her. Und das war nicht weit hergeholt. Doch seltsam, gleichwohl sie in ihrer Hast offen über den Hof rannte, sah ihre Zofe sie nicht. „Wo ist sie?" rief diese ungeduldig; auch die bärtigen Waffenknechte eilten hierhin und dorthin, spähten unter Fässer und Tröge, in Fensteröffnungen und unter Treppen. Ein Wunder, dem Yemaja keinesfalls auf den Grund gehen wollte. Nicht jetzt, nicht hier! Sie hastete weiter, solange sie noch Puste hatte, zum Burgtor hinaus, am verdattert glotzenden Wächter vorbei, der dort Position bezogen und wohl ihr raschelndes Gewand gehört, aber ebenso nichts gesehen hatte. Zwar hob er seinen Knebelspieß, freilich zu spät; der Flüchtling war bereits über die Brücke entkommen.

Magdalena platzte der Kragen. „Wo hat sich die vermaledeite Hure verborgen? Komm raus, Weib, wir finden Dich doch!" Sie raste mittlerweile wie eine Furie; alles Freundliche war von ihr abgefallen und sie zeigte ihr wahres Wesen. Ein Wesen voller Missgunst, Hass und Neid. Neid auf Yemajas blühende Jugend, ihre schneeweiße, reine Haut, ihr volles kastanienbraunes Haar, ihren lieblichen, wohlproportionierten Körper, ihre melodisch-sanfte Stimme, ihre Gesundheit, ihre… Magdalenas Wutschrei hallte kilometerweit! Im selben Augenblick jedoch, als Pater Martinus zu ihr trat, wurde sie die Ruhe selbst. Sie senkte kriecherisch katzbuckelnd ihr Haupt und murmelte, dass die Gesuchte nicht aufzufinden sei. Der Ire kraulte ihren Nacken, wie man es bei Katzen machte; er schien wirklich die Ruhe selbst. „Vor Dir mag sie sich verstecken können, meine Schöne, dem

Kult wird sie nicht verloren gehen." Und zu dem einen seiner Knechte: „Hol meine Söhne Bréanainn und Suileabháin."

Die alte Zofe erbebte, wie der Knecht mit den „Söhnen" kam – bei diesen handelte es sich um zwei gewaltige, pechschwarze Hunde mit einem Gebiss, das selbst Bären zu fürchten hatten, und schwarzglänzenden Augäpfeln, die im Mondlicht bösartig aufblitzten. Diese Untiere hatte Pater Martinus bei seiner Ankunft nicht mit sich geführt! Aber sie wunderte sich nicht, schließlich wusste sie um seine besonderen Künste. Deshalb folgte sie ihm auch willig. Ganz überzeugt war sie allerdings nicht. „Sie werden Yemaja zerfleischen, wenn sie sie aufspüren." befürchtete sie; dass sie sie aufspürten, stand für sie außer Zweifel. Der Ire winkte ab. „Sie tun exakt, was ich ihnen befehle. Ich befehle ihnen, sie nur zu stellen, nicht zu verletzen. Zufrieden?" Magdalena beeilte sich zu bejahen. „Gut." sagte der falsche Mönch. Und zu den Hunden gewandt: „Tatrr Asnaï Yemaja!" Der Knecht löste die dicken Hanfleinen und die Bestien stoben geifernd davon.

Die wahre Natur der Dinge

Yemaja hechelte schwer nach Luft, ihre Seite stach und die Füße taten weh; ihr leichtes Schuhwerk war nicht geeignet, damit über Stock und Stein zu fliehen. Doch sie durfte nicht pausieren, in Sichtweite der Burg. Sie war nur kurz dem Weg gefolgt und dann bald auf die Felder abgebogen, war über einen Bach gesprungen, hatte sich durch Gestrüpp gezwängt und war durch ein sumpfiges Wiesenstück gewatet. Dementsprechend zerlumpt war ihre einst herrschaftliche Gewandung. Die Haube hatte sie schon innerhalb der Burg verloren. All das war ihr egal. Gerne hätte sie ihr teures Gewand gegen ein schlichtes Bauerngewand eingetauscht, das bei aller Schlichtheit, ja Primitivität stabil war und die Bewegungen wenig einengte. Dornen fetzten ihre Haut und zerrissen das Kleid.

Yemaja drehte sich um und gleich verdoppelte sie panisch ihr Bemühen fortzukommen. Sie hatte die Ungetüme gesehen – und diese sie! Ein nutzloses Unterfangen, vor ihnen weglaufen zu wollen, das war ihr bewusst. Wer aber blieb bei einer solchen Gefahr stehen? Die Jungfer nicht; sie rannte wie noch nie zuvor. Wenn sie den Waldrand erreichte, einen Baum erkletterte... Ihr Herz hämmerte, ihr Puls raste, sie sah nur noch den Wald mit seinen herrschaftlichen Eichen und Buchen, archaische Bäume, von denen die Mägde behaupteten, sie seien älter als die Welt. Was diese für Unsinn schwätzten... „Bitte..." flehte Yemaja. Hinter ihr brachen die Bestien krachend durch ein Gebüsch, nur noch einige Schritte hinter ihr – der Waldrand dagegen war noch an die fünfzig Schritte entfernt. „Aus." resignierte die Jungfer.

Ein Knacken ertönte im nahen Eichenwald; da wurde die junge Frau brutal von hinten angesprungen und niedergeworfen, dass es ihr den Rest Luft aus den Lungen trieb. Heißer, nach Tod stinkender Odem umwehte sie und das Gewicht des Ungetüms drückte sie tief in den feuchten Wiesenboden. Sie verspürte keine Schmerzen, worüber sie dankbar war; sie wusste, dass sie an mehreren Stellen blutete, auch das linke Knie hatte sie sich beim Sturz aufgeschlagen. Direkt über ihr grollte das Monstrum, indes das zweite die Niedergeworfene knurrend umkreiste. „Sie wollen mich nicht fressen." keimte in ihr Hoffnung auf. Trügerische? Spielten die heimtückischen Ungeheuer mit ihr? Zu allem Unglück begannen ihr nun doch alle Knochen und Muskeln zu schmerzen. Schwarze Wolken ballten sich in ihrem Verstand zusammen, drohten sie in eine Ohnmacht zu reißen.

„Sieh an, Raben." murmelte sie mit brechender Stimme. Die Hunde gaben ein heißeres Bellen von sich; Yemaja registrierte, dass sie wieder leichter atmen konnte – das Untier war von ihrem Rücken hinabgestiegen. Es grollte jetzt wahrlich diabolisch! Die junge Frau wollte ihren Kopf anheben, war dazu aber viel zu erschöpft. „Muss – bei Bewusstsein bleiben." suchte sie sich wach zu halten. Sie hob ihre rechte Hand, die zentnerschwer geworden schien; da ihr nichts passierte, schob sie zögerlich das linke Bein vor, das übelst brannte. „Muss – zum – Wald." Linker Arm vor, rechtes Bein, Pause. Lichtblitze zuckten für sie über ihr, aber es waren stattdessen Schatten im Mondlicht, die von unzähligen Raben herstammten, welche kreischend über ihr kreisten. Sie war zu betäubt, um den ohrenbetäubenden Lärm zu realisieren. „Weiter – immer – weiter!" Etwas spritzte auf ihre rechte Wange und sie wischte sich mechanisch das Gesicht; von der wischenden Linken tropfte es rot. Gleich im Anschluss regnete es schwarze Federn; Yemaja vermochte sich keinen Reim darauf zu machen, auch nicht auf das nunmehr einsetzende Jaulen und Winseln. „Ich habe Durst." wisperte sie. Stille.

„Trink." Yemaja griff verwirrt nach dem güldenen Trinkhorn, das man ihr hinhielt. Wer? Weiche Hände drückten die Auffahrende zärtlich ins Moos zurück, auf dem sie ausgebreitet lag, nur mit einem leichten, silbrig schimmernden Tuch bedeckt. Das Tuch sah sie, die Hände, die sie berührten, nicht. Ihre Verwirrung wuchs; sie nahm einen Schluck und ein warmes, angenehmes Gefühl durchflutete sie. „Die Hunde!" schrie sie plötzlich auf. „Sind Geschichte. Sie wurden – entfernt." „Entfernt?" „Ruh Dich noch etwas aus. Anûnu ananû." Oh ja, Ausruhen war ein Zauberwort, das Berge versetzen konnte. Vor allem, wenn es als Zauberwort gesprochen wurde. Yemaja jedenfalls sank dankbar ins Moosbett und döste hinfort.

Stunden danach – oder Wochen? – sprangen ihre Augen auf und sie war auf der Stelle hellwach. Nicht aus Schreck, sie erinnerte sich den ersten Moment überhaupt an nichts, sondern wie von selbst, ganz unaufgeregt. Sie war völlig ausgeruht. „Hallo?" rief sie halblaut; kein Lebewesen zeigte sich in ihrem Umfeld, Nein, nicht ganz: Bäume, Büsche, Gräser, Moose und Flechten lebten ja auch und von denen gab es zahlreiche. Kurz und gut, sie befand sich tief im Eichenwald. Die Jungfer schlang das Tuch, das sie noch immer bedeckte, fest um sich. „Ihr Geist hält mehr aus als der mächtigste Recke." „Da hast Du aber auch Deine magischen Finger im Spiel, Hoheit." Diese Stimmen... „Ihr habt auch auf dem Bergfried gesprochen!" Yemajas Hände verkrampften sich. „Der böse Zauber, der Gesang, der gefangene Roland. Ohm Rudolf! Tot! Hingeschlachtet wie ein Stück Vieh! Was habt Ihr damit zu tun? Redet – und zeigt Euch gefälligst!" Sie stampfte mit dem nackten Fuß auf und stierte zornig in das Halbdunkel unter den Ästen, woher sie glaubte, dass die Worte gekommen waren. „Tu es." sprach die weibliche Stimme, die die männliche als Hoheit angesprochen hatte. „Öffne ihr den Blick für die wahre Natur der Dinge. Sie ist bereit." „Sie bräuchte Monate der Vorbereitung, um…" „Tu es einfach. Du hast schließlich gesagt, dass…" „Und sie hat bei der Prüfung gut abgeschnitten. Ja, Dein Wunsch ist weise."

„Hallo!" Die junge Frau war nun vollends ungehalten. Da stritten vor ihren, tja, Ohren eine Frau und ein Mann fröhlich und unsichtbar und sie – Grund des Streites – wurde ignoriert. Und während sie so munter stritten, passierte auf der Schandelburc sonst etwas Grausames! „Es reicht, ich gehe", schrie sie, „ich…" „Tut mir leid, es tut gleich etwas pieken." Yemaja stockte der Atem; es piekte nicht etwas, es war eine Glut, die sie zu zerreißen drohte, wie ein glühendes Eisen, das sich in ihr Fleisch fraß! Sie fiel auf die Knie, krümmte und wand sich, kippte zur Seite, heulte Wasserfälle, krallte die Finger in die Erde. Der Schmerz kroch ihre Wirbelsäule hoch und explodierte in ihrem Gehirn. Myriaden von Vögeln flatterten auf, als sie einen Urschrei der Qual von sich gab. Er schwang noch in den Lüften, da verließ sie alle Kraft und Yemaja, die Jungfer, sah die Welt mit neuen Augen.

„Der kürzeste Weg ist immer der härteste." kommentierte jemand das Ganze. Aus irgendeinem Grund wunderte sich die Frau nicht darüber, dass es eines der bizarren Wesen vom Bergfried war, eine der Fuchskopfkreaturen. Das Wesen war nicht das einzige, das anwesend war, im Gegenteil – es wimmelte geradezu von fremdartigen Wesen. Sie war noch im Wald und es war doch ein anderer. Über allen Pflanzen lag ein unirdisches grünliches Glühen, ein Fluoreszieren. Mit dieser neuen Sicht war ihre Pein erloschen, mit einem Schlag und vollkommen. Selbst die Erinnerung an die Qualen verblasste in weniger als einem Atemzug. „Ich heiße Dich in den Anderwelten willkommen, Tochter der Isabella."

Auch wenn Yemaja die Fuchsköpfe inzwischen nicht mehr als so schauerlich ansah, bei diesem Anblick musste sie doch schlucken. Es war eine baumhohe, erschreckend dürre Gestalt mit kruden menschlichen und kaum erkennbar weiblichen Zügen, mit ellenlangem Haar wie trockenes Gras, einer borkigen Haut – Rinde war angebrachter – und… Verflucht, es war ein Baum, freilich ein wandelnder. Dieser Frauenbaum bat nun auch noch brummend um

Verzeihung, schüttelte sich und wurde ganz ohne Spektakel und blitzartig zu einer Frau mittleren Alters, die ein türkises, bodenlanges Kleid trug und – Yemaja konnte sich nicht helfen – ein Dutzendgesicht besaß; eines von der Sorte, an die man sich hinterher nicht recht erinnerte.

Die Jungfer sprach als erste wieder, weil ihr das Schweigen nach dieser Verwandlung zu lange währte, das, was ihr als erstes einfiel zu sagen: „Isabella? Ihr kanntet meine Mutter?" Sie schaute in die Runde. Etliche Dutzend Augenpaare, sogar Augendrillinge, beäugten sie teils neugierig, teils, ahnte sie, überheblich. Hutzelige Männlein, nicht mehr als kniehoch von ihr aus gesehen, mit Bärten und Filzmützen, Jacken, Hosen und Stiefeln aus braunem, lederähnlichem Material, Fuchsköpfige, winzige Gestalten mit Libellenflügeln, bullige, äußerst muskulöse Viecher mit Schweineschädeln und aufgeblähten Bäuchen – in Lumpen gekleidet –, Wesenheiten, die aus purem Rauch bestanden und viele andere Merkwürdigkeiten. Eine Person darunter war der gesichtslose Mann aus ihren ersten Träumen, der, sie wunderte überhaupt nichts mehr, auch hier bloß eine wulstige Masse anstelle eines menschlichen Antlitzes sein Eigen nannte. „Heilige Mutter G…" – weiter kam sie nicht, denn das Wulstgesicht drückte ihr den Mund zu und sagte in einem befehlenden Ton: „Keine Anrufungen oder Gebete! Sie – mögen das nicht." Und tatsächlich waren sie alle, alle Umstehenden geflohen, beziehungsweise mit einem Puff verschwunden. Nichts deutete mehr auf ihre gerade eben noch Anwesenheit hin, kein wackelnder Zweig, kein Abdruck im Boden, kein Geruch, nichts! Selbst das Glimmen der Bäume wirkte abgeschwächt. Der Mann ließ los. Yemaja ging unwillkürlich in Abwehrstellung. „Heißt das, sie sind böse?" „Ach je." seufzte der Gesichtslose; alles nur in ihrem Verstand.

„Es wird höchste Zeit, dass ich Dir alles erkläre." meinte er. „Was wir mit Dir und der Schandelburc zu schaffen haben, was das hier alles ist, wer das ist, wer ich bin, dann das mit Deiner Mutter und…" „Was war mit meiner Mutter?" hakte Yemaja erregt ein. „Magdalena, die falsche Schlange, hat gesagt, sie sei eine Hexe gewesen!" „Ha! Unsinn. Die Hinterhältige wollte Dich nur, hm, unsicher machen, Deinen Glauben schwächen, Dich korrumpieren.

Eine Hexe! Das Gegenteil ist der Fall: Isabella, Deine Mutter, war praktisch eine Heilige, eine gütige, hilfsbereite, gottesfürchtige Edle, in jeder Hinsicht! Genau deshalb wollen sie Dich, Du bist die Tochter einer Heiligen und selbst noch rein und unberührt. Wir wissen, dass Du eine Jungfrau bist."

Die junge Frau wurde schamrot, beherrschte sich jedoch gut. Sie sagte mit fester Stimme: „Diese Träume…" „Ich versuchte Dich im Traum zu erreichen, Dich vorzubereiten, zu lehren und vor allem vor der Schändlichen zu warnen, vor Magdalena, der Verräterin. Höre nicht auf Magdalena, wollte ich Dir sagen. Aber…" Er schwieg. „Ich hörte Dich im Turm." flüsterte die Jungfer, der das Ganze doch auf der Seele lastete. „Es war eine nötige, hm, Prüfung. Wir mussten – nicht viel Zeit übrig. Das Ritual. Wir, ich musste Deine Stärke prüfen, ob Du es schaffst. Eigentlich wussten wir es. Es war, na ja. Verzeih."

Yemaja setzte sich ins Moos. Das alles war schwer zu verdauen; gestern noch war ihre Welt in Ordnung gewesen. „Nein, das war Dir nur so erschienen. Deine Welt war seit Deiner

Ankunft auf der Schandelburc nicht mehr in Ordnung." Worte, die die junge Frau aufbrausen ließen. „Was belauscht Du meine Gedanken, Kerl? Überhaupt – ich will ein Gesicht sehen, wenn ich mit Dir spreche, Deine Augen, einen Mund. Raus aus meinem Kopf!" „Wenn Du es wünschst."

Der Mann griff sich in geradezu ekelerregender Weise in die Wülste hinein, zerrte sie auseinander, straffte sie, raffte sie, knetete sie – und auf wundersame Weise formte er ein Gesicht, das eines verhärmten, haarlosen alten Mannes. Es war pure Magie, so viel stand fest. „Ja", bestätigte Yemaja, „so ist es besser. Nun vermögen wir von Angesicht zu Angesicht zu sprechen." Der Haar-, aber nicht mehr Gesichtslose grinste schräg – er hatte seine Gesichtsmuskulatur wohl nicht perfekt unter Kontrolle. „Ich war seit Urzeiten gesichtslos, ein, hm, Prinzip, keine Person, entschuldige." „Du entschuldigst Dich zu oft, Fremder." konstatierte die Frau. „Oh, mein Name." kam es ihm. „Wie willst Du mich nennen?" „Wie", stellte sie die Gegenfrage, „nennen Dich andere Leute? Beispielsweise diese Baumfrau." „Uh, Baumfrau solltest Du sie nicht… Aber woher sollst Du… Mich dagegen – Du musst wieder entschuldigen, der Gebrauch eines Mundes ist mir nicht gewohnt. Also, sie, die strahlende Hoheit, nennt mich Midhir, weil ich wie dieser ein Mittler und Wandelnder zwischen hier und dort bin. Du kannst mich meinethalben Midhir nennen. Meinen wahren Namen wirst Du niemals erfahren. Du musst entsch…" „Ja ja, ich tue es ja. Höre, Midhir! Schreckliches ist auf der Schandelburc geschehen und mich deucht, dass noch Schrecklicheres droht. Mein Ohm ist tot, die guten Knechte scheinen tot, es bricht mir das Herz – doch Roland, der arme, hilflose Knabe muss gerettet werden, wenigstens er!"

Midhirs Geschichtszüge sackten nach unten, dass Hautlappen vom Kinn herabhingen. Yemaja verstand. „Auch er – tot." Sie schniefte. „Jetzt habe ich niemanden mehr." Zu Pater Caesarius hatte sie nie ein familiäres, inniges Verhältnis gehabt. „Auf der Erde, ja, aber in den Anderwelten…" Die Jungfer schaute mit tränenverschleierten Augen auf. „Das Wort hast Du vorhin auch schon gebraucht." Anstatt es ihr zu erläutern, zeigte es ihr der Alte.

Er nahm sie bei der Hand und führte sie tiefer in den geheimnisvoll glühenden Wald hinein; es war ein angenehmer Lauf. Yemaja bemerkte erstaunt, dass sich überall dort, wohin sie ihre Füße setzte, weiche Moospolster bildeten, in atemberaubender Schnelligkeit, zudem wichen vor ihr und Midhir alle Ranken, Äste und Zweige, so dass sie ungehindert vorankamen. Ihr Kummer wurde hinfort gewischt, wie die Kreide auf einer Schiefertafel. Dieser Ort liebte sie – und es war verdammt gutes Gefühl. Doch was sie dann zu sehen bekam, verschlug ihr die Sprache!

Midhir trat unerwartet in die Luft, als wäre sie fest und zog sie mit sich in die Höhe, über die Baumwipfel hinauf, dass sie einen bezaubernden, überwältigenden Ausblick hatte, einen Ausblick auf ein Land, das man nicht mit Worten zu fassen vermochte. Yemaja erinnerte sich später nur noch an Bruchstücke, Momentaufnahmen eines unglaublichen Erlebnisses. Die Luft war begehbar, der Erdboden Luft, oder so ähnlich; sie erfuhr das, als sie tiefer liefen und sie ihren Fuß auf einen Findling setzen wollte. Der Fuß nämlich fuhr einfach hinein, ohne jeglichen Widerstand zu verspüren. Ein

Himmel existierte nicht im bekannten Sinn, einen Mond oder Sterne, Löcher im Himmelsgewölbe, wie Pater Caesarius einst gemeint hatte, waren nicht vorhanden. Alles Licht rührte von teilweise auf und abtanzenden Leuchtkugeln, teilweise von der selbst leuchtenden Natur her. Manchmal wurde das Licht tausendfach gebrochen und erzeugte wahre Regenbögen von nie gesehener Schönheit. Yemaja schaute mit offenem Mund, während sie an der Hand Midhirs unsicher einher tapste. Gleißende Burgen hingen in einiger Entfernung kopfunter von oben, an nicht sichtbaren Haltepunkten; ihre Mauern waren aus purem Silber gefertigt, oder zumindest mit solchem beschlagen, wer vermochte es zu sagen? Zwischen diesen Burgen schwebten ätherische Wesenheiten in vollendeter Grazie umher, Abbilder von Menschen, nur aus puren Lichtstrahlen anstelle von Fleisch. Dann wurde das umliegende Land normaler, formten sich grüne Inseln in einem blaugrünen Meer; der Himmel änderte sich, wurde gewöhnlicher, mit einem riesigen Vollmond, doch weiterhin ohne Sterne. Auf den Inseln grasten Tiere, die von weitem wie Hirsche aussahen, sich aber näher betrachtet als nur hirschähnlich herausstellten:

Sie hatten neben den vier Tierbeinen noch ein Paar menschlicher Arme! Eines der Hirschwesen hielt gar einen mit Schnitzereien und bunten Bändern verzierten Stab. Als sie hoch über ihm hinwegschritten, scherzte Midhir: „Er glaubt, als Magos müsse er einen Zauberstab besitzen, nur weil Circe, die Ur-Zauberin, einen Stab benutzt hatte. Davon abgesehen ist er ein leutseliger Geselle." Da waren die Inseln schon wieder hinter ihnen in Nebeln verschwunden. Die Landschaft zog schnell unter, neben und über ihnen vorüber, obwohl sie gerade einmal gemächlich liefen. „Ja, die Anderwelten." hauchte der Alte voller Sehnsucht. „Und die Anderwelten sind…" fragte Yemaja. Von einer Sekunde auf die andere standen sie wieder im Eichenwald, freilich noch im fluoreszierenden. Die Jungfer ließ Midhirs Hand los und sich von den Sinneseindrücken überwältigt auf den Moosteppich plumpsen. „Uf." prustete sie.

Der Alte setzte sich ebenfalls, seine erdbraune Robe raffend, die Yemaja erst jetzt auffiel. Sein unfertiges Gesicht hatte bislang all ihre Blicke auf sich gezogen, wenn sie überhaupt zu ihm sah, bei den Wundern ringsumher. „Das Reich der Feen und Riesen." meinte er. „Das sind die Anderwelten." Feen und Riesen, die kannte sie aus den Märchen ihrer Kindheit. „Keine Märchen – Realität!" „Du sollst doch nicht mehr meine Gedanken lesen!" brauste sie auf und schob rasch nach: „Und entschuldige Dich nicht wieder, sonst kann es sein, dass ich nicht mehr entschuldige!" Glockenhelles Gelächter folgte diesem Ausbruch, indes Midhir betreten war.

Die türkis gewandete Frau trat zwischen zwei mächtigen Buchen hervor; von ihr stammte dieses Lachen. „Du wirst meinen alten Freund nicht mehr ändern, Kind, das habe selbst ich nicht in hundert Jahren vermocht. Er ist und bleibt ein Waldschrat." „Also bitte." Echauffierte sich der Geschmähte, wenigstens der Form halber. „Nein", tätschelte sie seinen kahlen Schädel, „kein Waldschrat, ein Druide ist er, von der Grünen Insel, ein Hüter der alten Ordnung. Mithin mein wertvollster Verbündeter in Deiner Welt, Kind." Yemaja schüttelte den Kopf. „Ich verstehe rein gar nichts – ich sehe wundervolle Dinge, höre seine und Deine Worte, aber Verstehen? Und, und, wenn ich auf die Schandelburc zu sprechen komme..." „So hat er doch nicht aufgeklärt." sagte die Türkise

wütend. „Ich musste ihr zuerst zeigen, was…"
Ein herrischer Wink der Frau und er schloss
den schief hängenden Mund. „Hör mir zu."
sprach die Herrische. Yemaja hörte aufmerksam.

„Ich bin die Herrin der elfhundert Wünsche,
Wächterin der Traumgärten, Vollenderin der
Sehnsucht. Eine – Prinzessin in den Anderwel-
ten. Du brauchst Dich nicht zu verneigen,
Deine innere Ehrfurcht genügt mir. Das, jeden-
falls, sind meine Titel; meine Aufgabe dagegen,
Deine Welt betreffend, ist eine ganz spezielle:
Ich bin der Schutz der Qiura, der Erde selbst.
Eine sehr, sehr schwierige Aufgabe, selbst für
mich. Es gibt übermächtige Feinde, die die alte
Ordnung bedrohen." „Der böse Ire!" rief die
Jungfer aus. „Er, ja, das Christentum…" Yemaja erzitterte. „Also seid ihr böse Geschöpfe!
Christus ist der Erlöser, er…" „Aja nanûsu!"
zischte die Türkise – der jungen Frau erstarb
umgehend die Stimme, keinen Laut brachte sie
mehr über ihre Lippen! Woraufhin sich Yemaja
zu erheben suchte und mit den Armen ruderte;
die Prinzessin sprach „Aja namalû!" und auch
der Jungfer Glieder gehorchten ihr nicht mehr.
Sogar die Tränendrüsen versagten. „Ich fahre

also fort", sagte die Fee, „ungestört." Ein zufriedenes Schmunzeln stahl sich in ihr Antlitz. Sie spürte Yemajas Verzweiflung, die langsam einer Akzeptanz wich. „Nur zu Deinem Besten, Kind. Und zu meinem." dachte die Vollenderin der Sehnsucht; als solche wusste sie selbstredend, was die Sehnsucht der Jungfer war: Endlich, endlich alles zu erfahren. Aber wenn sie andauernd Gott anrief, von Jesus sprach und ähnliches, wurde diese Sehnsucht niemals gestillt.

„Die Welten haben schon existiert, bevor Dein Gott bei Euch Menschen bekannt war. Sie sind alt, richtig alt. Mag sein, dass Dein Gott die Erde erschaffen hat. Mag auch sein, dass er Euch Menschen erschaffen hat, ich weiß darüber nichts. Es spielt nur insofern eine Rolle, als Euer Glaube an Gott das spirituelle Gleichgewicht der Welten stört. Der Glaube an einen Gott ist schädlich! Grauenvoll ist in unseren Ohren und Tarylls – das sind die Hörorgane der S'flâm – die Gebete der Gläubigen, psychische Pein. Und noch grausamer sind uns die geheiligten Dinge, die ihr als Reliquien bezeichnet. Die massenhafte, langwährende Verehrung dieser „Dinge" schenkt ihnen eine ganz eigene entsetzliche Macht."

Sie schnitt eine von Abscheu beherrschte Grimasse. Und jetzt hör ganz genau zu, Menschenkind! In unserer Welt gibt es kein gut oder böse, das sind Begriffe aus Eurer Welt. Und ihre Bedeutung wechselt von Zeitalter zu Zeitalter, von Kultur zu Kultur. Aus Eurer Sicht ist der, den Du als Pater Martinus kennst, böse, erzböse sogar. Für mich und meinen getreuen Midhir ist er ein kosmischer Gegenspieler. Die andere Seite. Unser Krieg stammt aus einer Zeit, als es noch kein gut oder böse gab, nur Ordnung und Chaos. Er – steht für das Chaos. Absonderlich zwar, dass er es auf geordnetem, geplanten Weg erreichen will, doch das ist die Natur der Dinge. Selbst das Chaos braucht einen Meisterplan. Ich merke, dass Du noch aufnahmefähig bist, Yemaja, sehr gut. Du bist wahrlich stark. Zu unser aller Glück."

„Wisse, Yemaja", fuhr sie fort, „der Platz, auf dem heute die Schandelburc steht, ist ein archaischer Kultplatz, eine, aus Deiner Sicht, heidni-

sche Kultstätte. In der Zeit, als die Völker wanderten, verehrte dort ein heute glücklich ver-
gessenes Volk den Herrn der Vergänglichkeit,
die Verkörperung des Verfalls. Sein wahrer
Name sei für immer verflucht! Der Ire ist einer
seiner letzten Priester – die anderen fielen den
Fanatikern Deines Gottes zum Opfer, was für
Dich gut klingen mag. Doch ist jede Störung
des Gleichgewichts von Übel. Er nämlich, der
Ire, sog die schwindende Macht der anderen
Priester in sich auf und erhob sich dadurch weit
über sie. Er ist sogar in der Lage, Deine Pfaffen
zu täuschen, sich als einer der ihren auszuge-
ben. Und er ist alt, dreihundert und zwölf Jahre
in der Erdenzeit. Er will diesen Götzen freiset-
zen und damit das mühsam austarierte Gleichgewicht zerstören. Gott auf der einen, wir auf
der anderen Seite – da ist kein Platz für einen
dritten!"

Die Informationen wirbelten durch Yemajas
Gehirn und weil die Prinzessin fühlte, dass es
die Jungfer auf Dauer überforderte, regungslos
zuzuhören und keinerlei Einfluss auf den Lauf
des Gehörten nehmen zu können, lockerte sie

ihre Zauber mit einer angedeuteten Handbe-
wegung. In ihrem Reich bedurfte es dazu nicht
mehr.

Yemaja brach kalter Schweiß aus, Folge der
großen Anspannung unter dem Zauber. Sonst
aber hatte sie ihn gut überstanden. „Ich – verstehe nun besser." flüsterte sie. „Ich werde auch
nicht mehr in Eurer Gegenwart beten; kein
Grund mehr, mir Gewalt anzutun!"

„Gewalt anzutun, Gewalt anzutun." echote
es aus dem Unterholz. Die Fee brachte das Ge-
murmel mit einem Fingerzeig zum Schweigen.
„Was ist mit mir", fragte Yemaja nachdenklich,
„warum bin ich wichtig?" „Du bist leider das
perfekte Opfer für den Herrn der Vergänglichkeit – die Dienerin Gottes mit dem reinen Herzen, die Tochter der Heiligen. Wie Dir Midhir
gesagt hat." „Dann – bin ich bei Euch in Sicherheit? Und das frevlerische Ritual kann nicht
vollendet werden?" grübelte sie laut. „Nun, bis
sie ein ähnlich perfektes Opfer gefunden haben,
zumindest. Das aber wird geschehen! Sie haben
ihre Spione überall, geheime Verbindungen,
nicht mächtig, jedoch ausreichend, um zu spit-
zeln." „Wir brauchen Dich." sprach Midhir, der

zuvor nur still dabeigesessen hatte. „Wir können nicht in die Schandelburc und den Iren stellen. Du allein kannst es. Du kannst, Du musst uns den Weg hinein ebnen, musst das vernichten, was uns daran hindert!" Die Jungfer blickte fragend, skeptisch, auch furchtsam. „Pater Caesarius hat etwas in seinem Besitz, das er seit Jahren in seine Mutterabtei bringen will, doch immer wieder hält ihn etwas ab – Angst vor der weiten Reise, Unwohlsein, drohendes Unwetter, die frostige Herrschaft des Winters. Er ist im Besitz einer Reliquie, einem mumifizierten Daumen eines Eurer heiligen Märtyrer. Dieses Artefakt zwingt uns, der Burg fernzubleiben! Verbrenne es und der Weg ist frei. Dann können wir uns um alles selber kümmern!"

Yemaja pochte es in den Schläfen; der Alptraum breitete seine Krakenarme nach allen Richtungen aus, verdarb die letzten Reste ihrer einst heilen Welt. „Wenn Du nicht willst, kann das Böse Dich nicht sehen." hörte sie die Feenprinzessin sagen, was der Jungfer ein Licht aufgehen ließ. „Darum konnte ich aus der Burg fliehen! Das ist – unfassbar." „Inhärente Magie, welche…" beeilte sich der Braunberobte zu erklären, was ihm eine lautlose Rüge der Fee einbrachte. „Es ist eine Gabe." sagte sie. „Aufgrund dieser Gabe kannst Du auch in die Schandelburc zurückkehren." „Und wenn ich diese Reliquie verbrenne…" „Stürmen wir die Burg und beenden den Spuk ein für alle mal. Und Du hast Deine Rache." Yemajas Augen begannen zu funkeln; wie pures Gold – denn seit ihr die Augen für die wahre Natur der Dinge geöffnet wurden, hatten sie Farbe und Form von zwei goldenen Perlen angenommen.

Vor der Schlacht

Yemajas Begeisterung schwand rapide. Sie stand in Gesellschaft der Prinzessin aus den Anderwelten, dem Druiden und einem Fuchskopfwesen in einer indigofarbenen Robe namens S'Fluî am Waldrand und blickte zur Schandelburc hinüber, über der gerade die Sonne aufging. S'Fluî klärte sie darüber auf, dass es leider nicht so sei, dass die Tageszeit irgendeine Auswirkung auf die Feinde in der

Burg habe. Es gab überhaupt nur wenige Geschöpfe, die vor der Sonne flohen. S´Fluî kannte sich in der Materie gut aus, da er ein Gelehrter der Anderwelten war – so hatte ihn die Fee auch flüchtig vorgestellt. Die Jungfer hätte das freilich auch ohne Erklärung erkannt, dass die Sonnenstrahlen das Böse, wie sie es trotz der Erläuterungen Midhirs für sich bezeichnete, nicht bannten; mit ihrer neuen Sicht wurde ihr Schreckliches offenbart: Ölige Rauchschwaden quollen aus allen Ritzen und Öffnungen der Burg, die kein echter Rauch, sondern eine dunkle, unheilige Energiesubstanz waren, was ihr der Instinkt eingab. Die gesamte Burg lag unter einem riesigen Schatten, der von nichts geworfen wurde. Ein zweiter Blick und die Schandelburc ward eine Ruine – geborsten die Tore, löcherig und verwittert die Mauern und Zinnen, baufällig und rissig die Türme; einzig der Bergfried ragte trutzig empor wie eh und je. Ein dritter Blick und die Burg ward wieder unversehrt, fest gemauert und wehrhaft.

„Die andere Seite sucht durchzubrechen." fiepte der Fuchskopf. Seine Stimme war eher vogelartig, denn nach füchsischer Art. Das heißt, wie klangen Füchse? Yemaja wusste es

nicht. „Die andere Seite sucht durchzubrechen." wiederholte sie in Gedanken. Worte, die
nervös machten. „Ich fürchte mich." wimmerte
die Goldäugige. S′Fluî kicherte schalkhaft.
„Das solltest Du." „Tölpel!" fluchte die Prinzessin; und sanft, beinahe zärtlich zur jungen Frau:
„Natürlich fürchtest Du Dich, Kind. Gerne
würde ich auch diese Last von Deinen Schul-
tern nehmen, aber…" „Ja, die Zeit drängt."
würgte sie die Jungfer burschikos ab. Wenn sie
sagten, dass es nur so ginge – aber, was wenn…
Nein, keine Zweifel, nicht mehr! Was sie alles
gesehen hatte, hatte sehen dürfen, was sie jetzt
sah, dort… „War die Schandelburc schon immer so hässlich?" fragte sie, schon wieder weniger burschikos. Midhir nickte traurig. „Ich
habe – da, ich meine, da gewohnt, gelebt, habe
den unheiligen Dunst geatmet, eingesogen…
Und, warum – die Reliquie?" „Sie hat auf diese
Verschmutzung keinen Einfluß." kläffte S′Fluî.
Kläffen, das war das gesuchte Wort. Yemaja
hob die Augenbraue. „Pass auf, Kind, ich rufe
nun die Allianz zusammen, die Tapferen, die
sich der Bedrohung stellen werden!" drängte
sich die Herrin der elfhundert Wünsche verbal
in den Vordergrund.

Die Jungfer dachte an silbrige Signalhörner, oder reitende Boten, etwas Lautes oder Schnelles, die Zusammenrufung erfolgte ganz anders, geradezu heimlich. Die Prinzessin trat an den nächststehenden Baum, beugte sich vor und flüsterte ein, zwei Sätze in ein Astloch. Gleich darauf flüsterte es aus dem nächsten Baum, aus dem wiederum nächsten und so fort; die Botschaft der Fee breitete sich auf diesem Wege wie ein Lauffeuer über den Wald aus. Und die Völker hörten.

Yemajas Goldaugen wurden indes von der Schandelburc hypnotisch angezogen, sie begann ihren Kopf gleichmäßig im Kreis zu drehen, rund umher und wieder und noch einmal. Vielleicht drehten ihre Augen dabei das Weiße nach vorne, man erkannte es nicht, da die Augen durch und durch golden waren und nichts Weißes mehr aufwiesen. „Die Burg ruft mich, ich muss nun gehen." hauchte die Edelfrau. „Sie ist mein zuhause, meine Heimat. Sie ist – mein Schicksal. Gar nicht hässlich, freundlich. Sie lädt mich ein, sie bewahrt mich vor der tristen, feindseligen Welt. Sie, nur sie. Schandelburc. Burg unter dem schwarzen Schleier." S'Fluî pfiff hektisch; zu mehr war er definitiv zu feige, oder, in seinem Verständnis, zu intelligent. Midhir, der sich mit der Prinzessin dem Waldsaum zugewandt hatte, drehte sich um, sah, was Sache ist, und eilte sogleich, die Loswankende zu packen. Yemajas Ohm winkte ihr freudig vom Burgtor aus. Ein Fest, sie bereiteten die Feier der Sommersonnenwende vor, mit Bändertanz und Gesang. Horch, sie singen. Wunderschön anzuhören. He, lass mich los! Ich muss doch zu meinem Ohm! Er erwartet mich doch sehnsuchtsvoll! „Yemaja!" Ja, so heiße ich. Lass doch endlich los. Da, mein Ohm wirkt schon traurig, weil ich nicht komme. „Yemaja!" Eine schallende Ohrfeige riss die Jungfer aus ihrer Träumerei. „Au!" schrie sie auf und rieb sich die Wange. „Tut mir…", sprach der Druide kleinlaut, „die andere Seite – ist stark. Sie – zieht an Deiner, hm, Seele. Sie, hm, will Dich. Sie… Aber da kommen ja die Ersten!" Die junge Frau kam nicht dazu über diese verworrene Rede nachzugrübeln, so folgte jetzt Wundersames auf Wundersames. Der Bann der Schandelburc war gebrochen; für den Moment.

Als Erstes krachte es überall im Unterholz, dass Yemaja schreckhaft zusammenzuckte. Gleich zeigte sich, wer die Verursacher des mannigfaltigen Krachens waren und das Erschrecken schien gerechtfertigt. Ein halbes Dutzend Wesen war es, von eineinhalbfacher Mannshöhe, in schwere Fellmäntel gewandet. Wesen, die die Jungfer eher auf der anderen Seite vermutet hätte; sie lernte in Folge, dass in der Tat keine der menschlichen Vorstellungen diesbezüglich hilfreich war. Die großgewachsenen Wesen jedenfalls waren dem Schlachtruf, besser Schlachtengeflüster ihrer Herrscherin gefolgt, ohne den Ruf zu hinterfragen, oder eine Sekunde lang zu zögern. Sie waren schiere Fleisch- und Muskelberge, konnten kaum anmutige Bewegungen vollführen, mit ihren bulligen Leibern. Obenauf saßen ihnen Wildschweinschädel, an denen rein gar nichts menschenähnlich war. Sechs Hauer bewehrte Schweineschnauzen grunzten und speichelten in Erwartung der Schlacht. Zum Schlachten waren sie vortrefflich ausgerüstet, mir bronzebeschlagenen Rundschilden in den schmutzigen Linken und überschweren Beilen und Keulen in der rechten, nicht weniger schmutzigen Klaue. Ihre trotz der in der Zwischenzeit wieder aufgekommenen sommerlichen Hitze dicken Mäntel mochten problemlos Schutz vor den meisten Waffen bieten. „Gur anâr tu´kaná!" grunzte einer der Ankömmlinge, sich vor der Feenprinzessin verbeugend. Die winkte huldvoll mit ihrer Hand.

„Die Zweiten!" plärrte S´Fluî. Diese waren Yemaja dank der kurzen Reise in die Anderwelten bekannt – die Hirsche waren es, die Menschenarme besaßen, freilich diesmal Waffen trugen, Pfeil und Bogen die einen, Langschwerter und polierte Silberschilde die anderen. Gerüstet aber waren sie ansonsten nicht. „Der Zauberer." sagte die junge Frau, die den Hirschmann mit dem Stab wiedererkannt hatte. Der bog den Hals nach hinten, als sie sich im näherte, die Rechte zum Gruß erhoben. Seine Brüder scharrten unruhig mit den Hufen. Yemajas freundlich hervorgebrachtes „Circes Stab?" rettete die Situation; die Hirschähnlichen entspannten sich. „Du hast mit Midhir geredet." stellte der Stabträger sachlich fest, keine Miene verziehend – freilich, er hatte einen Hirschkopf. „Er spottet gerne." „Aber Nein", korrigierte die junge Frau diese Aussage, „er ist vielmehr überaus nett, ein netter – Mensch." „Ein Mensch?" „Da kommen die Dritten!" tönte es aus unerkanntem Mund.

Die Dritten? Die Jungfer sah und hörte nichts; obwohl – hatten sich da eben ein paar Gräser bewegt? Sie hatten – oder doch nicht? Sie beobachtete die anderen, die aber entweder – die Hirschartigen und die Schweineschädel – grimmig gen Schandelburc blickten und ihre Waffen schüttelten, oder – die Prinzessin, der Druide und dieser Fuchskopf-Gelehrte – gelassen wartend am Waldrand standen. „He!" entfuhr es ihr plötzlich; jemand hatte ihr an den Hintern gegriffen und nicht aus Versehen! „Hast wenig an." vernahm sie ein Murmeln. Der Grabscher leistete sich kein langes Versteckspiel.

Ein „Plopp" – so musste man es in der Tat benennen, es klang exakt so – und neben ihr stand ein vergleichsweise schmächtiger Kerl, viel kleiner als sie, jedoch mit einem beeindruckenden Vollbart versehen. Er war ganz in Grau gekleidet, grauer Lodenstoff, wenn sie nicht irrte, und hielt eine ebenso graue Filzkappe. Weitere „Plopps" und es gesellten sich noch zwei weitere dieser Kleinwüchsigen hinzu. Sie nahmen sich wie Drillinge aus. Und die Feenprinzessin verneigte sich vor ihnen.

Das nun hätte Yemaja niemals erwartet. „Herzlich Willkommen, Albenfreunde." sprach sie dazu würdig. Die Drei dankten ihr mit ebensolcher Würde. „Damit sind wir komplett." sagte die Fee.

Yemaja machte große Augen. „Wie? Das ist Eure Streitmacht? Ich meine, ich will keinen herabwürdigen, und ich habe keine Kenntnis in der…" „Poliorketik", ergänzte S´Fluî, „Belagerungskunst." „Äh, ja." meinte die Jungfer, kurz aus dem Konzept gebracht; sie fing sich rasch, wuchs überhaupt von Stunde zu Stunde mehr über sich hinaus. „Mein Ohm hat immer gesagt, dass die Verteidiger einer Burg im Vorteil sind, wenn der Feind kein schweres Belagerungsgerät bei sich hat, oder – wie sagte er – Sappen gräbt, um die Mauern zum Einsturz zu bringen und…" „Mach Dir keine Sorgen, Kind, ich weiß, was ich tue, danke." Sie klang sogar ein wenig verschnupft. „Die, die Du hier siehst", fuhr sie fort, „benötige ich nur, um Euer Land hier in den Schleier des Vergessens einzuweben. Du verstehst nicht? Damit uns kein Mensch überrascht. Ich – tarne uns, die Burg, den Fluss, die Gehöfte, alles in Sichtweite. Verstanden? Wenn dies vollbracht ist, können die schweren Truppen kommen. Wir brauchen kein Belagerungsgerät."

„Wer ist diesmal das Opfer? Wollen wir Losen?" brummte einer der Alben genannten Graujacken. Hatte Yemaja richtig gehört? Opfer? Sie hatte. „Ich stelle meinen Leib für die höhere Sache zur Verfügung." sprach einer der Hirschähnlichen mit gefasster Stimme. Leib zur Verfügung? Was, um aller Herrgottes Namen…? Ein Schweinskopf stapfte breitbeinig heran, beidhändig eine Axt schwingend. Er schien hocherfreut, falls man sein erregtes Grunzen so zu deuten vermochte. Der Hirschmann indes beugte seine Vorderläufe und senkte das edle Haupt. „Nein!" kreischte Yemaja voll des Entsetzens. Ein mächtiger Hieb und der Hirschkopf rollte über das Gras, das zeitgleich von einer Blutfontäne gerötet wurde. Der Jungfer wurde schwarz vor Augen und Übelkeit stieg in ihr hoch.

„Mord." platzte es aus ihr heraus; das war alles, was sie herausbrachte. „Böse", schoss es ihr dagegen durch den Kopf, „sie sind böse!" „Sei doch nicht naiv, Kindchen." – diese Worte des Druiden waren nicht dazu in der Lage, sie eines Besseren zu belehren! Nützlicher waren da schon die Worte des Hischmann-Zauberers: „Er ist nur in Deiner Welt gestorben, nicht in den Anderwelten. Sein Tod hat keinen Bestand. Und er war notwendig; das freiwillig gegebene Leben einer Fee in Deiner Welt trägt die Macht der Anderwelten über die Schwelle. Dadurch sind wir in der Lage, in Deiner Welt große Magie zu wirken, die über das Können weltlicher Magoi geht." „Und er?" deutete Yemaja erhitzt auf den Wildschweinköpfigen, der sich die Fratze mit dem warmen Blut des Geköpften beschmierte. Statt eine Antwort zu erhalten, wurde die Jungfer grob am Arm gepackt und zur Seite genommen; die Feenprinzessin war es, die dieses tat. Sie funkelte die Menschenfrau aus Augenseen an, die eine Ahnung von Unendlichkeit entstehen ließen, und zischte durch schmale, blutarme Lippen: „Dummes Gör! Langsam habe ich Dich satt. Wenn Du nicht so wichtig wärst, würde ich mich keinen Wimpernschlag lang mit Dir abgeben! Ich bin eine weithin verehrte und geachtete Herrscherin meiner Welt, die nun wahrlich Besseres zu tun hat, als sich mit einer gerade mal eben so erwachsenen menschlichen Frau abzugeben, die noch kindliche Flausen hegt. Wenn er sich nicht geopfert hätte, würden unzählige grauenvoll krepieren. Vergiss Deine kleingläubigen Moralvorstellungen! Sie sind absolut nichtig, bedeuten nichts." Sie bemerkte Yemajas Gesichtsausdruck und wurde wieder etwas besonnener. „In dieser Angelegenheit bedeuten sie nichts; für ein friedliches Leben auf Erden sind sie durchaus brauchbar."

Die Jungfer lockerte die ob dieser Rede geballten Fäuste. Sie konnte sich jedoch nicht verkneifen, noch diese Sätze zu sagen: „Ich bin wichtig. Also behandele mich auch nicht wie einen Säugling. Was also geschieht nun?" „Wir verbergen das umliegende Land."

Dem Burgfräulein schwirrte der Kopf; zu viel, es wurde peu à peu zu viel – schleichend, doch unaufhaltsam schien sie in den Wahnsinn abzudriften. Noch schien es nur so. Yemaja war geistig erstaunlich stabil. Darin lag ihre Stärke und es war eine wichtigere als ein starker Waffenarm. So viele Schicksalsschläge hatte sie gemeistert, war nicht am Tod der Eltern zerbrochen, hatte die einsamen Stunden auf der Schandelburc überstanden, das Furchtbare vor nicht allzu langer Zeit, ihren Ohm durchbohrt aufzufinden, den hilflosen Pagen den Bestien in Menschengestalt überlassen zu müssen, all das, was so manchen Recken in den Wahn getrieben hätte. Yemaja war stark. Ein wenig half jedoch auch Feenzauber nach, dass sie nicht zusammenbrach…

Der darauffolgende große Zauber war für die Jungfer gar nicht sonderlich eindrucksvoll. Außer, dass sich die Türkisgewandete mit hocherhobenen Händen über den Leichnam des Hirschwesens stellte und die übrigen, mit Ausnahme von Midhir, der sich abseits hielt, eine Art Prozession um die Prinzessin herum bildeten, war nichts Ausgefallenes zu sehen; nur ein nervtötendes Kribbeln spürte Yemaja in allen Gliedern. Es wurde nicht einmal gesprochen oder gesungen. Dann passierte aber doch noch etwas, das die Neugierde der jungen Frau befriedigte: Der geköpfte Leichnam begann zu glitzern und sich in Nichts aufzulösen. Zugleich fühlte sie, dass es kühler wurde – es wurde auch dunkler. Nebel krochen aus den Sümpfen am Flusslauf, türmten sich zu wahren Nebelgebirgen auf und wanderten wabernd über die Ebene, bis die Nebelwand wie eine Art

Mauer das Flusstal mit der Schandelburc vollständig abschottete. Die anderen drei Seiten waren ja vom uralten Wald umwuchert und somit von vornherein von der Menschenwelt abgeschnitten. Selbst Jäger und Köhler mieden diese unheimlichen, urzeitlichen Wälder. Das alles hatte einige Zeit in Anspruch genommen. Inzwischen stand die Mittagssonne hoch über ihnen. „Wird sich keiner wundern, bei strahlendem Sonnenschein auf solch dichten Nebel zu stoßen?" fragte Yemaja, weil es ihr in den Sinn kam und die Fee ihren Zauber erkennbar vollendet hatte. „Und wenn." antwortete statt ihrer S'Fluî. „Jeder Mensch, der den Nebel betritt, wird unweigerlich im Kreis laufen und an seinem Ausgangspunkt ankommen. Kein sterblicher Mensch vermag diesen Nebel zu durchqueren. Und wenn der Nebel wieder weg ist – nun, schon heute ist hier nichts mehr, wie es vorher war…"

Bei der Burg donnerte es und die Erde bebte spürbar. Alle wirkten gelassen, bei Midhir freilich entdeckte die Jungfer Sorge im Antlitz – der hatte seine Mimik einfach nicht unter Kontrolle. „Die Silberlanzen!" rief jemand, vielleicht einer der Alben, der tiefen Stimme nach.

Ehrfurcht ergriff von Yemajas Herzen Besitz, als die sogenannten Silberlanzen aus dem Schatten des Waldes heraustraten.

Bei den Silberlanzen handelte es sich um ein knappes Dutzend überirdisch schöner, geradezu verführerisch schöner Frauen undefinierbaren Alters mit langem silbrig grauen Haupthaar, perfekt proportioniert, die keineswegs kriegerisch gewandet waren. Sie trugen im Gegenteil leichte Tuniken aus einem Material ähnlich dem von Yemajas Tuch, silberfarbene Sandalen und silberne Stirnreifen, sonst nichts. Das einzig Kriegerische an ihnen waren die Lanzen, die sie geschultert hatten, auch diese vollkommen silbern, selbst die Stange. Schneeweiße, grazile Hände hielten die Stangenwaffen, Hände, die eher dafür geschaffen schienen, Harfen zu zupfen. „Gekommen, um zu kämpfen, bereit, zu sterben." sagte eine davon in singendem Ton; Yemaja wurde richtiggehend schummerig, als sich dieser in ihre Ohren schmiegte. Die Feenprinzessin begrüßte sie mit einem Neigen des Hauptes, wie sie im Übrigen die meisten begrüßte. Daraufhin drehte sich die Sprecherin zum Hirschmann-Magos und sang: „Auch Ihr seid bereit?" Der nickte und wies zu seinen Freunden. Die Jungfer konnte nun beobachten, wie die Lanzenträgerinnen je ein Hirschwesen bestiegen und sich auf deren Rücken edler als jeder Ritter in seiner Panzerbrünne ausmachten. Und noch mehr – kaum waren sie aufgesessen, da floss ihnen wie von Zauberhand Metall über den Kopf und den Körper, aus dem sich ganz von alleine schmucke Helme, Silberhauben, keine wuchtigen Topfhelme der Menschen, und Ringelpanzerhemden bildeten. Ein phantastischer Anblick! Trotzdem war die Streitmacht noch sehr klein.

Das änderte sich bald, mit den nächsten Ankömmlingen. Dem Ankömmling. Dem Lärm nach hatte die Goldäugige mit mehreren gerechnet. Yemaja musste den Kopf in den Nacken drücken, um an ihm hinaufsehen zu können und ihr war nicht wohl in ihrer Haut. Es war ein ungeschlachter Riese, der der Prinzessin Ruf gefolgt war, und den diese mit dem Namen „Nesso" begrüßte, was befremdlicher Weise Wurm bedeutete. Nesso war so hoch wie drei ausgewachsene Männer, hatte einen Bauch wie ein gewaltiges Fass und einen dümmlich-primitiven Gesichtsausdruck, umrankt von struppigem, strohblondem Haar. Felle hingen an ihm kreuz und quer vernäht, die ihn mehr schlecht als recht kleideten, und er hatte eine übermannshohe Keule geschultert, welche aus einem zweihundert Jahre alten Ahornbaum herausgeschnitten worden war – so zischelte S'Fluî in Richtung der Jungfer. Irgendwie klang seine Stimme jedes Mal anders. „Nesso ist unser Belagerungsgerät." lächelte die Fee. „Nicht wahr, Nesso?" Der grinste bloß blöde, dann, nachdem er die Information verarbeitet hatte, nickte er langsam und grölte etwas Unverständliches. Ob es eine krude Sprache war oder nur Bestätigungsgrunzen, vermochte Yemaja nicht zu identifizieren; es war auch jenseits ihres Interesses.

„Bevor es losgeht", sagte sie laut, „will ich etwas zum Anziehen haben. Dies Tuch hier genügt nicht im Geringsten!" Midhir griff in die leere Luft vor sich und holte daraus eine komplette Gewandung hervor, wie sie Fallensteller tragen mochten, viel Wildleder in diversen Brauntönen und leinene Unterbekleidung – Kleidung von Männern. Die junge Menschenfrau zögerte für einen Moment, dann nahm sie sie. „Warum nicht." dachte sie sich. „Warum, bitte schön, sollte eine Frau keine Hosen tragen? Nur weil es nicht Sitte war?" Wer sollte sie rügen? Magdalena? Sie lachte dreckig; sie verschwand hinter einem Busch und kleidete sich rasch um. Nun war sie vollends bereit, so weit sie bereit sein konnte. Vor der Schlacht.

Wie ein Dieb in der Nacht

Der Plan war einfach, aber nicht einfach – die Feen wollten zur Ablenkung den Einsiedlerhof unterhalb der Burg attackieren, in welchem sich einem Bericht von Raben zufolge bewaffnetes Landvolk verschanzt hatte, willfährige Knechte des Iren, hatte die Feenprinzessin gesagt. Dieses Gehöft lag außerhalb der unbetretbaren Zone, hatte wiederum S´Fluî erklärt, der sich daraufhin im Übrigen in den Wald abgesetzt hatte. Krieg war nicht sein Metier.

Yemaja war auf dem Weg zur Burg, einen weiten Bogen laufend, um von der anderen Seite zu ihr zu gelangen. Dort kannte sie ein Mannloch, über das man in die Kellergewölbe unter der Küche kam, wenn allerlei Güter einzulagern waren. Das war der zweite Teil des Plans. Yemaja war froh, dass sie nicht alleine war – Midhir hatte sich unerwartet bereiterklärt, sie zu begleiten. Er könne sich ebenfalls unsichtbar machen, wie ein Alb. Er war aber erst zu ihr gestoßen, nachdem sie schon ein ganzes Stück gelaufen war, immer darauf vertrauend, dass sie „das Böse" nicht zu sehen vermochte, wenn sie nicht wollte. Und, bei allen Heiligen, das wollte sie auf keinen Fall! Der Druide hatte nicht gesprochen, außer, dass er sich auch unsichtbar machen könne, aber es war auch nicht der rechte Zeitpunkt für Ansprachen. Jetzt war der Zeitpunkt für Taten gekommen. Die Macht der Reliquie schien er nicht zu fürchten, war ja auch nicht geflohen, als sie Gott angerufen hatte.

Die Schandelburc, einst als Heimat betrachtet, wurde von Minute zu Minute bedrohlicher. Die Jungfer vermochte bereits Einzelheiten zu erkennen, die sie vor ihrer Augenöffnung nicht wahrgenommen hatte: Mysteriöse Runen waren in die Mauern gemeißelt – oder eingefräst? – Zeichen, die tiefrot pulsierten. Welchen Sinn mochten sie haben? Und – vor allem – wer oder was hatte sie angebracht? Sicherlich nicht die menschlichen Erbauer, die Vorfahren ihres verschiedenen Ohms, möge er in Frieden ruhen. Irgendwann musste er noch ein christliches Begräbnis erhalten. Irgendwann später, wenn – später eben.

War das – Blut, das da von dem Wehrgang troff? Yemaja schauderte es, eisig rieselte es ihr den Rücken hinunter. Ihre zuvor ausladenden Schritte wurden zögernder. Himmel, diese Schwärze, schwärzer als eine mondlose Nacht quoll die rauchige Substanz über den Zinnen empor, um sich erst Meter darüber in Nichts zu zerstäuben. Fern, wie Kilometer entfernt, erschallten leise die Rufe der Feenstreiter; der Angriff hatte begonnen! Man hatte ihr etwas Vorsprung gegeben, da sie einen weiteren Weg vor sich hatte. Wieder donnerte es im Inneren der Burg, diesmal um ein Vielfaches lauter, und nicht nur, weil die junge Frau in der Zwischenzeit näher herangekommen war. Sie wollte beten, aber ihr fiel kein einziges Gebet ein; so blieb ihr nur die Fäuste zu drücken und eine stille Bitte um Beistand an ihre tote Mutter zu schicken. Näher, immer näher. Wo war Midhir hin verschwunden? Ein Tippen an ihrer Schulter, er war noch da, was sie etwas beruhigte. Und noch ein Donnern, allerdings von einer anderen Quelle stammend. Der Riese hatte einen massigen Felsbrocken auf den Einsiedlerhof geschleudert, der mühelos dessen Fachwerkmauer durchschlagen hatte. Sie empfand Bedauern mit den Bauern, doch wenn diese mit dem diabolischen Pater Martinus paktierten…

Kalt, plötzlich so kalt. Die Temperatur sank ins Bodenlose, je näher sie der Schandelburc kam. Der Rand des Schattens war erreicht. Kratzen auf den Zinnen; Yemaja erschrak fast zu Tode. Sie blieb sofort stehen und hämmerte sich ein, dass das Böse sie nicht sehen könne, sie nicht sehen könne, nicht sehen. Oben beugte sich der Kriegsknecht Helmbrecht über die Mauer, eine Armbrust schussbereit, und spähte genau zu ihr hinab. Die Jungfer nahm ganz deutlich wahr, wie er seine Augen zusammenkniff und die Armbrust anlegte. Und dann – schoss er! Der Bolzen schlug zwei Fuß rechts neben ihr ein und zerfetzte eine fette Ratte, die dort ihrerseits aus einem Loch gespäht hatte. Sie knickte totenbleich in die Knie, raffte sich jedoch umgehend wieder auf. Eine Welle warmen Gefühls hatte sie berührt, vom Druiden? Auf der Mauer lachte derweil der Knecht und beugte sich weg, die Armbrust neu zu laden. Dass er sich solche „Kurzweil" gönnte, während vor der Burg der Kampfeslärm schallte? In der Schandelburc war man sich anscheinend sicher, dass die Feen niemals würden eindringen können. „Na warte, Ihr werdet schon sehen!" durchzuckte es die Jungfer. Sie grinste wie irre. „Nicht übermütig werden." meldete sich sogleich eine mahnende Stimme in ihrem Kopf. Midhir. „Ja ja." dachte Yemaja; der Umstand, dass der Kriegsknecht sie nicht entdeckt hatte, wiewohl sie wie auf dem Präsentierteller stand, hatte ihren Mut jedenfalls kräftig angestachelt.

Da war es ja, das erwähnte Mannloch, wobei dieser Begriff eigentlich falsch war, weil es bloß eine Klappe war, hinter der sich eine Art Rutsche in den Keller befand, über die Mehlsäcke und ähnliches hinuntertransportiert wurden. Yemaja wusste aber keine rechte Bezeichnung dafür und verwendete für sich daher die andere. Der Einstieg war durch Schießscharten und einen Gusserker, über den man Eindringlinge mit heißem Pech übergießen oder mit

Steinen bewerfen konnte, gesichert. „Mist!"
fluchte die junge Frau im Stillen – auch wenn
sie nicht sichtbar war, die Bewegung der
Klappe mussten die Wachen, die vorhanden
waren, da sie Schatten hinter den Scharten sah,
bemerken. Und es würde Siedend heißes her-
abschwappen! „Diese Furcht ist unbegründet."
sprach die bekannte Stimme beruhigend in ihrem Kopf, wogegen sie dieses Mal keinen Ein-
spruch erhob, ganz im Gegenteil. „Heißt das,
Ihr vermögt mit Magie…?" erblühte in ihr
Hoffnung. Er gab keine Antwort, aber das
musste es sein. Schließlich hatte die Feenprinzessin das gesamte Tal getarnt, da sollte der
Druide mit Leichtigkeit ihren Zugriff auf die
Klappe tarnen! „Kann ich jetzt…?" fragte sie
lautlos. „Ja."

Yemaja lauschte; Beunruhigendes, Verstö-
rendes erklang im Burginneren, rhythmisches,
dumpfes Klopfen, einlullender Singsang und
tief aus der Erde dringendes Rumpeln. Vor der
Burg dagegen, nunmehr außerhalb ihrer Sicht,
krachte und schrie es mannigfaltig.

Noch einmal bedauerte sie die dortigen Bauern, die sie alle zumindest vom Sehen her

kannte. „Die Klappe." drängte sie Midhir. Yemaja nickte. Wie das hier stank – nach Urin, Kot
und – Schlimmerem. „Augen zu und durch."
sagte sie sich, natürlich im übertragenen Sinne.
Sie neigte sich vor, ergriff den schmiedeeisernen Ring der Klappe und… Vertrauen, Yemaja,
Vertrauen! …zog die Klappe auf. Sie war von
innen nicht verriegelt. Modrige Luft strömte
aus dem Schacht heraus und umwehte sie.
Hatte es früher nicht frischer gerochen? Sie versuchte das Dunkel unten zu durchdringen, vermochte es jedoch nicht. Ein weiteres Mal
lauschte sie; Nein, direkt unter ihr war es still,
vollkommen still. Seltsam, wenn sie ihren Kopf
in das Kellerloch steckte, erstarben die außen
gehörten Geräusche, das Klopfen, der Gesang
und das andere! „Klettere hinunter, nur keine
Angst." vernahm sie den Druiden; und auch
seine sanft von hinten schiebende Hand. Ebenfalls seltsam – je weiter sie vordrang, desto ru-
higer schien dieser zu werden. Am Waldrand
hatte er noch Nervosität gezeigt. „Geh, alles
läuft nach Plan!" „Ja doch, ich steige ja hinab!"

Unten herrschte keine völlige Finsternis; Yemajas Augen gewöhnten sich rasch an die
schwachen Lichtverhältnisse, die von der noch

offenstehenden Klappe und von drei winzigen Luftschächten herrührten. Auch als sich die Klappe wie von Geisterhand schloss, blieb ein Rest Licht, der zur Orientierung genügte. Hätte sie sich einen Moment des Nachdenkens gegönnt, hätte sie sich sogar gewundert, wie gut sie hier im Keller sah. Solche Momente waren in ihren letzten Stunden freilich generell rar gewesen. „Die Treppe." dachte sie. „Hoffen wir, dass die Tür zur Küche nicht versperrt ist." Aber auch diese erwies sich als unverschlossen - unvorsichtig war man! Oder sich seiner so sicher? War es gar – eine Falle?! Und wieder lauschte sie angestrengt.

Sie vernahm gedämpftes Murmeln, Knirschen, Klopfen, wie durch Watte. „Wenn ich wenigstens eine Waffe hätte, ein Messer wenigstens." „...würdest Du Dich nur selber schneiden." Also! „Eine Waffe würde Dir auch nichts nützen, wenn Du entdeckt würdest. Besser, Du kommst nicht in Versuchung, eine einzusetzen. Das wäre falsch." „Midhir, ich kann selbst entscheiden, was..." „Pst! Jemand kommt!"

Yemaja presste sich auf der Stelle an die Wand und zog ihren sowieso kaum vorhandenen Bauch ein. Die Küchentüre schwang auf, stilvoll quietschend. Das war insofern von Bedeutung, als genau dieser Fakt Grund der Öffnung war: Eine der Mägde, Hilda hieß sie, die Faulste, hatte Magdalena immer behauptet, kniete sich neben die Tür und – ölte ihre Scharniere mit einem Kännchen! Hatte sie nichts Anderes zu tun? Dem Anschein nach nicht, sie tat es mit einer gewissen Hingabe und Gründlichkeit, beschaute dann ihr Werk, prüfte den Schwung der Türe und ließ sie auch noch geöffnet, während sie durch eine Seitentüre, welche in den Speiseraum des Gesindes führte, verschwand. „Das soll einer verstehen." wisperte Yemaja. „Da quietscht diese Türe, seit ich denken kann, und just heute, jetzt und hier… Verrückt." „Umso besser." erschienen Midhirs Worte in ihrem Verstand. „Nun folgt der schwerste Teil. Du musst Dich alleine zur Kammer des Pfaffen begeben und die Reliquie ins Feuer werfen. Wie man den Kerl kennt, brennt sein kleiner Kamin munter vor sich hin. Er fröstelt selbst im Hochsommer innerhalb der Mauern." „Alleine lassen? Ihr – Du willst mich alleine lassen?" „Ich habe etwas Anderes zu erledigen. Etwas sehr wichtiges. Denk immer daran: Wenn Du nicht willst..." „...kann das Böse mich nicht sehen. Aber hören, oder – wittern!? Überhaupt, hieß es nicht, dass der Ire nicht böse sei, sondern..." „Du bist anstrengend, Kind. Überlege nicht so viel, handele. Du bist, hm, auserwählt." „Wie bitte?" Midhir räusperte sich – in ihrem Kopf, was absolut merkwürdig wirkte. Hatte er gerade gesagt, irgendetwas müsse er ja sagen? Ach, verdammt! „Wir sehen uns!" zischte Yemaja und schlich sich ohne weitere Verzögerung zur Tür, die sie tiefer in die Schandelburc hineinbrachte.

Zum Glück kannte sie die Burg wie ihre Westentasche. Manchmal war es eine Qual, mit einem kritischen Verstand gesegnet zu sein. Yemaja konnte nicht anders, als nachzudenken. Die letzten Jahre waren ihre eigenen Gedanken und Phantasien ihre besten Freunde gewesen. Dies Denken war zugleich eine effektive Fluchtmöglichkeit; wenn sie intensiv über etwas nachgrübelte, verdrängte sie andere, vielleicht schmerzliche Aspekte ihres Daseins. Aspekte wie den Tod aller, die sie geliebt hatte, zum Beispiel. Nun fokussierte sie ihre Gedanken auf ihre große Aufgabe, ihren Teil des Plans, der den üblen des Iren zunichtemachen sollte. Traurig, dass kein berühmter Sänger ihre Heldentat Besingen würde. Eine Heldentat war es, davon war sie mehr als überzeugt. Nicht nur gepanzerte Ritter vollbrachten Heldentaten!

Ihre Euphorie brach in sich zusammen wie ein Kartenhaus, als sie um eine Ecke schlich und sich plötzlich Magdalena und einem Kriegsknecht in voller Rüstung gegenübersah. „He!" entfuhr es der Zofe; ihr knochiger Finger zeigte auf Yemaja. Der Kriegsknecht folgte dem Fingerzeig mit seinen Augen und packte seine Waffe, einen Kriegsflegel mit gefährlichen Stacheln, fester. Die Jungfer hob entsetzt die Hände; so kurz vor dem Ziel! Wundersam klangen daher für sie Magdalenas nächste Worte: „Du solltest doch Wasser heißmachen, Faulstrick! Marsch, ab zurück in die Küche!" Hinter ihr ertönte ein unterwürfiges „Ja doch, sofort, ich eile!", woran Yemaja Gunda, die zweite Burgmagd, erkannte. Ihr fiel ein tonnenschwerer Stein vom Herzen. Und gleich wurde sie wieder mutig – sie trat einen Schritt nach links, dann, als keiner auf sie achtete, einen zweiten, so dass sie nunmehr direkt an der kahlen Wand stand. Hier gedachte sie weiter zu schleichen und sich an Magdalena und dem Knecht vorbeizuschieben. Was ihr auch gelang. Magdalena war auch viel zu sehr damit beschäftigt, auf den Fußsoldaten einzureden: „Du musst die Befehle des Herrn ganz genau befolgen, nichts darf schiefgehen! Alles ist vorbereitet für die Freisetzung! Nimm Deinen Platz ein und wenn das Tor sich öffnet, weißt Du Bescheid." „Jawoll, Herrin." bellte der Knecht. Herrin – soweit stand es schon! Diese Schnepfe! Oh ja, Yemaja freute sich darauf, wenn die Feen dieser Anmaßenden die Flügel stutzten! Herrin. Pah!

Den Rest bekam sie nicht mit, da sie weitereilte. Je schneller sie beim Raum des Paters war, desto besser. Leichtsinnig wurde sie allerdings nicht, sie blieb alle paar Schritte stehen, horchte und spähte. Die Geräuschkulisse war inzwischen normal geworden; der Lauschenden wäre Stille lieber gewesen, zu unheimlich klang es von überall her, Brummen und Fauchen, Grollen und Brüllen, eine Kakophonie von unmenschlichen Lauten allerorten. Und dieser – Raubtiergestank!

„Nicht – nach – den – ken!" befahl sie sich. Wenn sie jetzt an Ungeheuer dachte, die ihre Beute anhand des Angstschweißes rochen, dann würde sie vor Angst keinen Schritt mehr tun, war ihr bewusst. „Entweder ich schaffe es, oder ich sterbe." machte sich in ihr Fatalismus breit.

Ein Torbogen gab den Blick auf den Innenhof frei, den sie im vorbeihuschen erhaschte. Wohin war die alte Scheune verschwunden, bei allen Heiligen? Dort, wo sie gestanden hatte, stand keine Scheune mehr, sondern ein – steinerner Sarkophag? Wie in einer Krypta. Vor dem Sarkophag war der arme alte Pater Caesarius angekettet wie ein Hofhund, angekettet und geknebelt! Mehr vermochte sie im Vorüberhuschen nicht zu sehen, aber das Gesehene trieb sie zu noch größerer Eile. „Retten, ich muss den Pater retten, wenigstens ihn!" Noch die Wendeltreppe hinauf, vorsichtig, um die Gangecke lugen... Keiner da! Es ging alles kinderleicht. Und da war schon die ersehnte Türe, sie war – abgeschlossen. „Verdammt und zugenäht!" fluchte sie leise.

Wahrheiten

Ein markerschütterndes Heulen riss Yemaja aus ihrer neuerlichen Lethargie und trieb sie zu einem Balkon, von dem aus sie auf den Hof hinabblicken konnte. Ein überdurchschnittlich großer, schwarz-grauer Wolf tappte auf diesem umher – auf seinen Hinterbeinen, die in Hosen mit einem Karomuster staken! Sie kannte diese Hosen, es waren die Hosen eines der beiden Knechte, die der Ire mit sich gebracht hatte. Und es fiel ihr wie Schuppen von den Augen: Der Krieger – oder beide? – war ein Wolfshäuter, oder, wie das abergläubische Volk wisperte, ein schrecklicher Werwolf! Solche Kreaturen kannte sie nur aus sagenhaften Erzählungen; freilich – auch Feen und die Anderwelten waren ihr bis vor kurzem unwirklich erschienen. Oh Gott, ein Werwolf! Würden die Feen mit ihm fertig werden? Womöglich mit zweien von diesen? Was kam als nächstes, ein Lindwurm vielleicht? Fast hätte sie laut losgelacht. „Und ich hatte immer geglaubt, die Schandelburc sei der trostloseste und ödeste Ort der

Erde! Statt dessen ist hier eine unheilige Kultstätte und... Mein Auftrag! Ich muss einen Weg in Pater Caesarius Zimmer finden!"

Es gab nur noch eine Möglichkeit, sah sie von der sehr unrealistischen ab, sich ein Beil zu besorgen und sich lautstark durch die Türe zu hacken: Sie musste in das Nebenzimmer, das eine leerstehende Gästekammer war, gehen, sich durch das enge Fenster nach draußen zwängen und außen zum Nachbarfenster hinübersteigen. Die Fensteröffnungen waren im Sommer unverschlossen; sie waren sehr schmal, dass sich kein Gerüsteter hindurchzudrücken vermochte, eine junge, ungerüstete Frau hingegen mochte es schaffen. Sie mochte es schaffen! Sie musste... Ein letzter Blick auf den Hof, auf dem der Werwolf gerade vor dem Iren zurückwich, der ihm etwas Rundes entgegenstreckte und dabei hämisch lachte. Alles war beschattet und doch sah sie klar. „Vorwärts, Yemaja."

Yemaja wollte eben in das Nachbarzimmer schleichen, als sie ihren Augen nicht traute – die Kammertüre des Paters stand sperrangelweit offen; die Jungfer war sich hundertprozentig sicher, dass keiner an ihr vorbeigekommen war! Der Druide? „Midhir." flüsterte sie in den Raum hinein. Keine Antwort. Sie schluckte. „Na schön..., hinein denn."

Ihr Herz hämmerte bis zum Hals, wie sie die Schwelle übertrat, in den stickig-warmen Raum von Pater Caesarius, in dem tatsächlich ein Kaminfeuer brannte. Sie schaute sich hastig um. Alles in der Kammer zielte auf Wärme ab, nun außer dem Schreibpult und die kupferne Waschschüssel. Teure Gobelins mit eingewirkten Bilder von phantastischen Wesen – Einhörnern, Drachen und dem Vogel Phönix –, aus den Aventiuren berühmten Wesen, zierten und dämmten die Steinwände, der Boden war mit einem Schaffell bedeckt und das Kastenbett üppig mit Kissen, Decken und Fellen versehen. Die Fensterscharte konnte mit einem schweren Lodenvorhang verhangen werden. Alles zeugte von Reichtum, wie sie es bei dem Mönch nicht erwartet hatte. Seine Kammer hatte sie noch nie zuvor betreten, das wäre ihr äußerst unschicklich vorgekommen. Die Zeiten änderten sich. Jetzt begann sie sogar ohne Zögern das Bett zu durchwühlen, auf der Suche nach einer kleinen Truhe, in der sich die Reliquie befinden sollte, mit Pausen dazwischen, die sie zum Lauschen nutzte.

Der Lärm auf dem Burghof und vor der Burg steigerte sich mehr und mehr. Ein eisiger Windstoß ließ sie zusammenzucken und ein – Rufen? Sie kannte diese Stimme und sie, ja sie hasste sie: Die Stimme des Iren. Was sie aber rief, brachte ihre tiefsten Ängste zurück: „Yemaja, Yemaja, mein Kind. Ich weiß, dass Du in der Burg bist. Zeig Dich, komm. Alle warten auf Dein Erscheinen!" Auf dem Gang erklangen wuchtige Schritte und Metall rasselte; die Wächter nahten! Wo war der Druide, warum half er nicht? Schneller, Yemaja, such! Fahrig zerrte sie Kissen zur Seite und hob schließlich die Matratze. Da war es, das Kästchen musste es sein, die Reliquientruhe! Auf ihrem Deckel war ein Kreuz abgebildet und ihre Ecken waren mit poliertem Kupfer eingefasst. „Die Türe zur Pfaffenkammer wurde geöffnet!" bässerte ein Mann; Rüstungen klirrten und knarrten. „Zu spät, Ihr Narren!" lachte die Jungfer. Sie hatte die kleine Truhe aufgerissen und hielt den verschrumpelten Finger des Heiligen in ihrer

Hand. „Brenne – und verschaff mir meine Rache!"

Keine farbige Stichflamme stieg auf, kein unnatürlicher Rauch, und es gab auch keine außergewöhnlichen Geräusche. Der mumifizierte Finger fing schlicht Feuer und verbrannte einem Hölzchen gleich. Dafür wurde der Lärm auf dem Burghof überwältigend!

Die Wachen rannten rasselnd davon, auf jeden Fall weg von der Kammer des Pater Caesarius. Yemaja sah alles vor ihrem inneren Auge und gleich darauf mit ihren äußeren, nachdem sie zum Balkon gerannt war: Der Riese zerschmetterte das Burgtor und hinein ritten im Sturmritt die Silberlanzen, dicht gefolgt von den grunzenden Schweineköpfigen. Sie überrannten zwei schreiende Kriegsknechte, die ihre Speere zu langsam hochgerissen hatten, und stürmten auf den Hof, wo sie um Pater Martinus einen drohenden Kreis bildeten. Von den übrigen Kriegsknechten, der Zofe, den Mägden und insbesondere dem Werwolf war keine Spur zu entdecken, so sehr Yemaja auch umherspähte. Waren sie geflohen? Feige entfleucht? Ihre Augen kehrten zum Hof zurück.

Der Ire hatte einen Dolch gezückt und hielt ihn neben Pater Caesarius Gesicht, grimmig und entschlossen blickend. Eine Entschlossenheit, die die Feenprinzessin schallend aufzulachen nötigte. Diese, die Herrin der elfhundert Wünsche, Wächterin der Traumgärten, Vollenderin der Sehnsucht, hatte das Burgtor als Triumphator durchschritten und glühte vor Lust und Häme. „Hundesohn", keifte sie, „Du hast eine armselige Geisel! Was kümmert mich das lächerliche Menschlein? Sieh es ein, es ist aus! Dein Ende ist gekommen." „Da irrst Du in mehrfacher Hinsicht." schmunzelte der falsche Mönch. „Mein Ende ist nicht gekommen. Und der da ist keine Geisel."

Kaum gesagt, zuckte sein Dolch und Pater Caesarius Knebelband schwebte gen Boden. Der Mönch aber fing sogleich in Todesangst eine wahre Litanei an Gebeten und Anrufungen herunterzurasseln, so laut er konnte. Alle Farbe wich aus dem Antlitz der Prinzessin. Neben ihr, hinter ihr krümmten sich die Feenwesen wie unter abscheulichen Schmerzen, zwei Wildschweinköpfe hasteten quiekend und geifernd Richtung Ausgang, und der Hirschmann-Magos löste sich einfach mit einem Zischen in

Luft auf; die restlichen zogen sich Stück um Stück zurück, die Waffen fortschmeißend und sich die Ohren zuhaltend.

„Nein!" brüllte die Fee außer sich. Sie sprang los, hob eine der Silberlanzen auf, holte weit aus und – kreischte, denn grasgrünes Blut schoss ihr aus mehreren urplötzlich aufbrechenden Wunden an ihren Armen. Ihre Muskeln versagten den Dienst und die Lanze klirrte ungefährlich auf die Steinplatten des Burghofes.

Die Feenprinzessin torkelte und sank auf ihre Knie. Aber noch war nichts verloren! Wenn sie einen Zauber sprach, einen der Urzauber ihres Volkes, dann… Sie würgte und ein Blutschwall brach aus ihren aufgerissenen Mund hervor. Währenddessen ging die Gebetslitanei weiter und nach und nach sackten die verbliebenen Feen um wie nasse Säcke.

Yemaja war derweil hin und her gerissen! Alles ging den Bach hinunter, besser: alle Hoffnungen wurden buchstäblich in Stücke gerissen. Wenn die Feen noch eine Chance haben sollten, musste Pater Caesarius fallen; der, der ihr als einziger von ihren vertrauten Personen geblieben war, den sie hatte retten wollen! Fiel er nicht, siegte der teuflische Ire auf der ganzen Front! Dass die Gebete des alten Säufers auch solch eine Macht besaßen!

Pater Martinus wurde von wildem Gelächter geschüttelt. Und da – die Waffenknechte kehrten zurück, sie hatten sich nur in verschiedenen Zimmern verborgen! Direkt neben ihr trat ein Armbrüster an die Brüstung, sie nicht sehend oder ignorierend, eher das Erstere. Yemaja handelte wie ein Automat, nur impulsiver. Viel impulsiver. Sie rempelte den Fußsoldaten an, der aufgrund der unerwarteten Anrempelung strauchelte und die Arme abspreizte, um das Gleichgewicht zu wahren. Diesen Moment nutzte sie und biss ihm mit aller Kraft in die Rechte, welche die – diesmal geladene – Armbrust hielt. Der Knecht schrie auf, ließ los und die Jungfer packte die Schusswaffe aus dem Flug heraus. Sie riss sie herum, legte an und wisperte: „Bitte vergib mir!". Yemaja feuerte den Bolzen ab.

Der Armbrustbolzen raste auf den Mönch zu, mit tödlicher Genauigkeit; als würde Gott selbst den Bolzen lenken, um das Teufelswerk zu verhindern. Die junge Frau vermeinte in ihrem Geiste einen rapiden Verfall der Burg wahrzunehmen, Holz wurde morsch und bröselte, Schimmel kroch über die Wände. Da gab es einen satten Aufprall – das Geschoß hatte getroffen! Yemaja machte die Augen wieder auf, die sie nach dem Schuss vor Entsetzen über sich selbst fest zugedrückt hatte. Ihr Aufheulen hallte durch die gesamte Schandelburc.

Unten wankte Midhir, der, woher auch immer, im Augenblick ihres Schusses vor Pater Caesarius, in ihrer Schussbahn, aufgetaucht war; der Bolzen ragte aus seiner Brust! Yemaja warf dem verdutzten Knecht die Waffe in die Arme und rannte und rannte, hinunter zu dem Druiden, den sie im Zusammensacken abfing und zärtlich auf den Stein senkte. Niemand hinderte sie. „Ich – sagte doch…", er hustete schwer, „dass ein Unglück geschieht, wenn", heftiges Husten, „Du eine Waffe benutzt." „Nicht reden!" flüsterte die Jungfer, ihm den faltigen Schädel streichelnd, der sich feucht und irgendwie schleimig anfühlte. „Wie theatralisch." sagte der Ire; Yemaja hörte nicht hin. Erst, als er folgendes sprach: „Er hat freiwillig sein Blut gegeben, für unsere Sache. Damit" –

er grinste breit zur kauernden Feenprinzessin hin – „das Gefängnis gesprengt werden kann."

Die junge Frau wusste hinterher nicht, wie sie das angestellt hatte – diese Rede jedenfalls versetzte sie in pure Tobsucht. All ihre Wut, ihre Ängste und ihre Trauer ballten sich in einem brachialen Ausbruch zusammen; sie schnellte vor und rammte den Iren mit ihrem ganzen Gewicht, so dass er mit ihr hintenüberstürzte und weit über den Steinboden schlitterte. Yemaja schlug auf ihn ein, kratzte ihn, trat ihn, biss ihn, sie heulte und schrie, fluchte und jammerte – Pater Martinus jedoch ließ es geschehen. Zwar blutete er aus mehreren Kratz- und Bisswunden, aber er schenkte ihnen keine Beachtung. Als er ganz gelassen „Alle Achtung." sagte, beendete Yemaja abrupt ihre Prügelorgie und legte sich flach hin.

„Wir haben verloren. Lass den blutrünstigen Götzen frei, lass die Welt untergehen. Es hat alles keine Bedeutung mehr."

Der Ire erhob sich und klopfte den Hofstaub aus seiner Kutte. „Midhir hat Dich noch nicht eingeweiht. Na, er war schon immer nicht der Schnellste in diesen Dingen. Immer ausführlich um den heißen Brei herumreden, lieber erst einmal die Welt an sich erklären…" Yemaja blinzelte verwirrt.

„Zuallererst", sprach der falsche Mönch, „solltest Du gelernt haben, dass der Druide nicht wirklich tot ist. Er kann in Deiner Welt nicht sterben – er ist ein Feenwesen, wenn auch eines der selteneren. Trauer ist also unangebracht. Schau hin." Die Jungfer schluchzte; Midhirs Körper löste sich gerade glitzernd auf, wie der geköpfte Hirschähnliche am Waldrand vor der Schlacht. „Ja, aber…" „Es ist Zeit, Midhirs Opfer schenkt mir die Macht. Ich zeige Dir nun Deinen scheußlichen Götzen!"

Womit er zum Sarkophag schritt und seine Hände ausbreitete; Pater Caesarius machte sich ganz klein, murmelte aber weiter seine Schutz- und Segengebete. Die Feenprinzessin wollte sich aufstemmen, gleich ihr fehlten die Kräfte. „Tu das nicht." vermochte sie einzig zu flehen. Sie wandte sich stöhnend dem Burgfräulein zu.

„Halt ihn auf, bitte!" hauchte sie mehr, als dass sie es sagte. Aber Yemaja war ebenso am Boden zerstört. Pater Martinus sang Worte in einer fremden, melodischen Sprache, wirbelte mit den Händen über die Sarkophagoberfläche und klatschte endlich mit beiden Handflächen darauf. „Tritt heraus! Du bist frei!" rief er; die Feenprinzessin wimmerte kläglich, Pater Caesarius dagegen verlor das Bewusstsein. Das freilich war nun egal.

Der Sarkophagdeckel schwebte auf einmal in die Höhe, drehte sich um die eigene Achse und senkte sich neben dem Sarkophag ab. Yemaja – und die Welt – hielten die Luft an. „Der Himmel – er ist plötzlich so blau." kam es ihr. „Keine Spur von den ölig schwarzen Schleiern." „Mit so etwas begrüßt man auch keine Königin."

Der Ire hielt seinen Arm hin und eine feingliedrige Hand legte sich darauf. Dem Steinsarkophag entstieg eine schlanke, hochgewachsene Frau, deren Ausstrahlung die Silberlanzen erblassen ließ; die Silberlanzen, die sich wieder erhoben hatten und in dieser Sekunde ihre Knie beugten und die Häupter senkten; die Tierhaften hatten sich schon lange in den Wald zurück verdrückt. Yemaja war nicht in der Lage, Einzelheiten an der Strahlenden festzustellen; ihr Äußeres ging über jede mögliche Beschreibung hinaus – sie war einfach perfekt, Nein, sie war vielfach perfekt. Denn ihr Erscheinungsbild änderte sich permanent, als wäre sie Hunderte Frauen in einer! Bloß ihr bodenlanges hauchdünnes, schneeweißes Kleid, das mehr preisgab, als es verhüllte, blieb stets dasselbe.

Die Zauberhafte glitt zu Yemaja und zwinkerte ihr zu. Dann verfinsterte sich ihr Antlitz. „Da kauert ja die Verräterin! Du – meine Tochter." Das letzte Wort hatte sie ausgespuckt. Die Prinzessin getraute sich nicht mit der Wimper zu zucken. „Du hast alles so schön geplant, Tochterherz, meinen Traumschlaf genutzt, um mich zu binden, mich hierhergebracht, eingesperrt und nicht nur mit Feenzauber aus den dunkelsten Teilen unserer Wälder gebannt, Nein, Du hast auch noch meine loyalen Diener belogen und betrogen, behauptet, ich sei auf eine lange Reise gegangen und hätte Dich als Regentin eingesetzt! Ein schlauer Plan, wirklich! Aber Du hast nicht damit gerechnet, dass mir Midhir treu ergeben ist. Du kennst eben keine wahre Treue, Luder!" Die Prinzessin kroch fast in den Boden. „Dumm bist Du trotzdem. Es war alles inszeniert – Midhirs Idee.

Diese Yemaja hier wurde nicht als Opfer gebraucht. Das hättest Du selbst wissen müssen! Wie soll ein Menschenopfer Feenzauber brechen, verrate mir das! Midhir, ein Mensch mit Feenblut, hat seinen Freund aus alten Tagen, unseren irischen Bruder hier, mit zwei seiner Diener als Rückendeckung, wenn etwas schiefläuft, ins Land gerufen und es so dargestellt, als würde dieser mit diabolischer Unterstützung mein Gefängnis sprengen wollen. Was im gewissen Sinne auch gestimmt hat, nur war es Feenwerk, welches der Ire im Sinn hatte, nett aufgebauscht mit allerlei magischen Trugbildern! Nur haben wir die Gelegenheit genutzt, Dich gleichzeitig in eine Falle zu locken. Ja, jetzt winselst Du! Sag", drehte sie sich zur Jungfer um, „wie sollen wir mit meiner verräterischen Tochter verfahren? Mit der Usurpatorin meines Throns?"

Yemaja war in Tränen aufgelöst. „Mein Ohm starb für diese, diese Intrige, und der arme Roland, ein noch unschuldiges Kind. Dieser, dieser elende Ire und seine Spießgesellen…!" Die Königin war unbeeindruckt. „Unwichtige Menschen. Es ging hier um meine Befreiung! Ist

Dir nicht bewusst, wer ich bin? Ich bin die Anderwelten! Und wer bist Du? Eine ganz gewöhnliche Menschenfrau." Die Jungfer starrte sie zornig an und rappelte sich auf. „Falsch! Ich bin die Tochter einer gottgefälligen Frau, einer Heiligen! Rein im Herzen und ohne Schuld!" „Ha." lachte die Fee. „Isabella – Deine Mutter – war weder eine Heilige, noch eine Hexe. Sie war eine ganz normale Sterbliche, immerhin von edler Abstammung – für einen Menschen. Das war Teil von Midhirs Idee, Deine Mutter so hochzustilisieren, beziehungsweise als Striga zu schmähen, was die ganze Sache für meine schmähliche Tochter glaubwürdiger machen sollte. Es war Zufall, dass Du hineinverwickelt wurdest! Du warst vor Ort und erschienst uns praktisch. Die Idee mit dem Opfer der reinen Jungfrau war doch wirklich, hm, elegant, oder nicht? Dann Deine ach so hastige Flucht aus der Burg. Tja, Du musstest echte Angst verspüren, und echte Verzweiflung, Zorn, was auch immer. Dein Ohm war eh im Weg, der alte Trottel, und dieser Page? Na, seine Gefangensetzung hat Dich bestens angespornt. Und Deine Unsichtbarkeit – war ein Geschenk Midhirs, Albenmagie. Ihr könnt Euch übrigens zeigen,

Freunde." Sie lächelte. „Ihr seid weit hinter den anderen Angreifern zurückgeblieben – sicherlich, weil Ihr auch immer zu mir gehalten habt, wie?" Drei verschämte Bärtige tauchten mit einem dreifachen Plopp auf, die Kappen in den nervös knetenden Händen. Sie beeilten sich, der Zauberhaften zuzustimmen. „So, jetzt kennst Du alle Wahrheiten." Ließ sich Magdalena vernehmen, die von Weiß Gott woher hinzugestoßen war. „Armes Kind."

„Ich bin kein Kind!" brüllte Yemaja. „Ich, ich hasse Dich, ich hasse Pater Martinus, ich hasse Dich, Königin von Nirgendwo, ich – hasse Euch alle! Ich, ich werde einen Weg finden, all die unschuldigen Menschen zu rächen. Ich, ja, ich gehe zum Papst, zum Heiligen Stuhl, er ruft einen Kreuzzug aus gegen Euch heimtückische Biester, Ihr werdet schon sehen, alle, Euch alle kriegen wir, niemand kommt davon, ich werde…"

„Es beginnt mich zu langweilen. Meine herzallerliebste Tochter wartet. Ich denke, ich werde Ihr einfach das gleiche antun, wie sie mir. Auge um Auge, Zahn um Zahn – eine spaßige Regel aus diesem Buch der Menschen. Komm, meine Liebe."

Im Vorbeigehen bewegte sie nur den kleinen Finger der linken Hand; ein minimaler Fingerzeig, der Yemaja niederstreckte, geistig und körperlich. Dankbare Schwärze senkte sich auf sie nieder.

Epilog

„Hier, gib den armen Bettlersleut dies Stück Brot, Hildegard. Auch sie sind Gottes Kinder." Hildegard nahm das Stück aus den Händen ihrer Mutter und lief scheu zu den zwei Bettlern, um ihnen die Gabe zu überreichen. Es kamen viele Bettler durch ihr Dorf, Fahrende aller Art, Musikanten, die sie erfreuten, Kranke, mit denen sie Mitleid hatte. Für alle hatte ihre Mutter, die treue Seele, eine milde Gabe, nicht viel, aber es kam von Herzen.

Diese zwei Bettler verängstigten Hildegard mindestens ebenso, wie sie sie neugierig machten. Es war auch ein ungewohntes Gespann – ein wirr vor sich hin brabbelnder Bettelmönch in einer völlig zerlumpten Kutte, Schaum vor dem Mund, und eine anscheinend blinde Frau in einem alten, vielfach geflickten Kleid; sie trug eine schmutzige Binde über den Augen und einen Bettelstab in der Rechten. Mit der Linken stützte sie sich auf den Bettelmönch, der sich seinerseits wieder auf sie stützte.

Hildegard tippte die Frau vorsichtig an, damit sie sie bemerkte; der Mönch flößte ihr dafür zu viel Angst ein, wie er da von Teufeln und Dämonen brabbelte, von Menschenopfern und sprudelndem Blut. Erst reagierte die Frau nicht, aber als das Kind heftiger an ihrem Kleid zupfte, wachte sie wie aus einem Tagtraum auf. „Ja?" fragte sie mit schwacher Stimme. „Brot", sprach Hildegard hastig, „ich hab Brot von Mama für Dich und den Mann. „Das ist – lieb." meinte die Blinde. „Steck es mir bitte in den Tuchbeutel an meiner Seite. Und dank Deiner Mutter. Ich…"

Da wandte sie sich ab und schien sich wieder in einen Traum zu verlieren. Hildegard jedoch rannte aufgeregt davon; sie war sich absolut, in jeglicher Hinsicht sicher, dass unter der Augenbinde ein goldenes Auge hervorgelinst hatte! Später erzählte sie ihrer Muhme davon, doch die lachte nur, ob der blühenden Vorstellungskraft ihrer geliebten Tochter. Goldene Augen gab es nicht, höchstens im Märchen. Von denen hatte sie ihrer Kleinen wohl ein paar zu viele erzählt.

Ende

Zeitfracht Medien GmbH
Ferdinand-Jühlke-Straße 7
99095 Erfurt, Deutschland
produktsicherheit@kolibri360.de